食话
SHI HUA TING ZHOU
汀州

董茂慧 ◎ 著

中国书籍出版社
China Book Press

图书在版编目（CIP）数据

食话汀州 / 董茂慧著. -- 北京：中国书籍出版社，2019.11
（古韵汀州旅游文化丛书 / 吕金淼主编）
ISBN 978-7-5068-7526-4

Ⅰ.①食… Ⅱ.①董… Ⅲ.①散文集-中国-当代 Ⅳ.①I267

中国版本图书馆 CIP 数据核字（2019）第 254181 号

食话汀州

董茂慧　著

责任编辑	张　娟　成晓春
责任印制	孙马飞　马　芝
出版发行	中国书籍出版社
地　　址	北京市丰台区三路居路 97 号（邮编：100073）
电　　话	（010）52257143（总编室）　（010）52257140（发行部）
电子邮箱	eo@chinabp.com.cn
经　　销	全国新华书店
印　　刷	四川科德彩色数码科技有限公司
开　　本	787mm×1092mm　1/16
字　　数	180 千字
印　　张	11
版　　次	2019 年 11 月第 1 版　2019 年 12 月第 1 次印刷
书　　号	ISBN 978-7-5068-7526-4
定　　价	280.00（全 5 册）

版权所有　翻印必究

食物与人，与文

刘 琼

大约二十年前，我跟着全国政协教科文卫委员会到各处考察。八月份，东三省最好的季节，来到黑龙江，来到小兴安岭，来到中俄边境。看到了传说中的白桦林，野花开得正欢，草木茂盛，像列宾笔下的风景画，手往黑土地里一按，仿佛都要冒出油的感觉。如此肥沃美丽的地方，却看不到人。乡村没有人，城市也没什么人。当时正在部署三峡库区移民，黑龙江方面态度积极，建房分地，组织移民代表先期来黑体验生活。结果，一户也没留下。这固然是个极端案例，但也说明在大规模的移民潮中，对于农耕民族，人和故乡在长期的相处中逐渐形成了内在的和谐和顽固的依附，故土难离一直是最大的情结。换个角度，我生有涯，生在哪里，其实都是福气。

有人一定会反对说，生在穷乡僻壤与生在富庶流油之所，生来就不平等，哪有什么福气可谈。我不这么看。穷乡僻壤和富庶流油是有不同，比如自然环境、资源储备、基础设施、社保福利，等等，但我也发现普通民众的幸福指数往往并不与生活地区的硬件条件好坏成正比。"谁不说俺家乡好"，故乡，对于一个有情感的人，它是不可替代的。这些年，人们开始逃离"北上广"，回到中小城市，回到温暖的故乡，便是一证。这种逃离和回归，是社会发展均衡化和生命观念成熟的一种结果。它至少表明，中小城市和较大城市的差距在缩小，表明故乡也在进步，人们发现故乡还具有他乡不具备的诸多好处。

故乡有什么好？我们平心静气地回想一下，除了情感的满足，大概胃的满足也是一个重要因素。人类对于胃的满足，对于美食的追求，不分贵贱，没有地区差异。去年夏天到甘肃临夏看一个扶贫点，用通常的标准，这个地方完全

不具备人居条件。年降水量不到 10 毫米，所有的饮用水都要从十公里外的地方运来，更不要说浇灌庄稼。这是客观条件。但人类具备难以想象的耐受力和创造力，就是这块干旱贫瘠的土地，有人类居住史长达一千三百多年，灿烂的马家窑文明诞生于此。期间，一个发现，让我深受触动。缺水少料的高坡上建有的食品加工厂，包括沿途的农家饭，不仅卫生标准完全高出我的预期，食物的口感也远远好过预期。一把面，几根沙葱，三两块洋芋，也能折腾出小乾坤来，还能起出生动的菜名。食物原材料的获得，路径差异不大。对于原材料的处理方式，从单纯果腹进化到脍不厌精，倒是文明的一个指标。在缺水少料的条件下，人们没有降低对于食物的要求，这种愿望，这种追求，谁又能说这其中不隐含着人类对于生命质量的一种理解？

  如此，生在水草丰美、环境宜人的地方，食物似乎就更有理由复杂、讲究和美妙了。比如长汀。物质丰足的地方，食物就一定美味吗？据我的观察，也还未必，这里还有习惯和传统的影响。食物烹制的差异也是文化差异。长汀的美食，一方面得济于复杂的地貌，拥有丰富的山珍河鲜食物来源，另一方面与客家饮食习俗传承有关。对于客家的来源，大家或多或少有所了解。中国是一张巨大的地图，幅员辽阔，族群复杂。幅员辽阔，导致东西南北中各地习俗千差万别。族群复杂，产生了泾渭分明的习俗传统，同时又出现交互影响的文化地带。交互影响，大多跟人口迁移有关。在中国的历史上，战争、自然灾害和行政规划，是导致人口大规模迁移的主要原因。客家是大规模人口迁移中北方中原地区汉人流徙到南方定居的特殊的人群。南方，主要指两广、福建一带，客家人从语言习惯、居住习惯，包括饮食习惯，与原住民相比，较大程度上保留了中原的一些古习俗，同时，在长期与原住民的交往中，也结合环境条件，有所增益。这其中，客家菜比较有代表性，客家人对于客家菜的精研并学术化、体系化也令人感佩。关于客家菜的文字传播不少，也大概二十年前，我就看过这方面的书籍。这也是客家菜生生不息传之久远的一个原因。在大量的关于客家食物的文字中，董茂慧的《食话汀州》比较能打动我。第一，这是有情感温度的写作。所有的食物、食材、烹制事物的人和享用食物的人，在董茂慧的笔下都成为审美对象，投射了创作主体自然而然的情感、经历和思考，文章不干巴、不做作、不学究气，一句话，它不是烹调指南，它是一篇篇关于生活、生命、自然和食物的生动形象的随笔散文。见物，见人，还见情，尤其难得。第二，这是信息丰富细节备考文字清丽的写作。泛泛而谈，不作考证，只有抒情，不提供信息，这样的写作也意义不大。从日常饭桌上的食物，到街边摊，到节日时令的供奉，这里面食物的变化节奏，许多人只知其一，不知全貌，或者只知其然，不知其所以然。因为董茂慧有科学的考证精神，才能在品尝食物之余，对食物的前生后世产生浓厚的兴趣，才对与食物有关的情感念念不忘，才会形成这一系列连缀成篇、生动有致的客家风物风情记录。

读董茂慧的散文有意外惊喜，它属于有价值的写作。既是涓涓细流，雅致深蕴，文字有"边城"之妙；又是烟火弥漫，灵动生香，见生命活力和思想能力。我没有见过董茂慧，但我觉得对她很熟悉。好的文字，有效的文字，会成为沟通工具。董茂慧是长汀人，生在长汀是有福的，这从她的文字能感受到。长汀因为有这样的写作者，也是有福的。董茂慧对长汀的热爱和生活的热爱溢于言表。我想，一个热爱生活、热爱故乡的人，她的眼里自然带光，她的笔下也会生情，她有能力写出进入我们内心的文字，带着趣味，带着色彩，带着力道。

2019 年 6 月 9 日

刘琼，博士，人民日报文艺部副主任。中国作家协会小说专委会委员，中国当代文学研究会理事。曾获中国新闻奖一等奖、中国副刊金奖、《文学报》新批评奖、《当代作家作品》年度批评奖、《雨花》散文奖、报人散文奖等。

目 录
CONTENTS

食物与人，与文 /刘　琼 …………………………… 001

酒香梦中来 ………………………………………… 001
秋，麻藤包爬满山 ………………………………… 005
河田鸡二三事 ……………………………………… 009
糖姜蛋 ……………………………………………… 013
灯盏糕 ……………………………………………… 017
兜汤哩里旧时光 …………………………………… 021
皱纱肉观记 ………………………………………… 025
百鸭盛宴 …………………………………………… 029
簸箕粄 ……………………………………………… 033
鸡肠面的守望 ……………………………………… 037
煎薯饼 ……………………………………………… 041
缘来珍珠丸 ………………………………………… 045
糖糕，甜又软 ……………………………………… 048
红菇闺处 …………………………………………… 051
泡猪腰 ……………………………………………… 055

粉皮子 …………………………………………… 059

乡愁，是条游动的鱼 …………………………… 063

烧肝花 …………………………………………… 067

炸年糕 …………………………………………… 070

白玉豆腐饺 ……………………………………… 074

祖父与干蒸肉 …………………………………… 076

粉干乡味 ………………………………………… 080

远方山谷有梦 …………………………………… 085

杨梅熟透香自来 ………………………………… 090

过年杀猪菜 ……………………………………… 094

芋子饺在远乡 …………………………………… 098

温水鱼记 ………………………………………… 102

客家药膳 ………………………………………… 106

米饭一箪岁月长 ………………………………… 111

清明米粿白 ……………………………………… 115

濯田红糖作坊 …………………………………… 119

红山乡里红菇红 ………………………………… 124

山间一抹武平绿 ………………………………… 129

美溪黄板 ………………………………………… 134

汀州伊面 ………………………………………… 139

刘婆婆家的白头公饧 …………………………… 144

一分钱与一块豆腐的爱情 ……………………… 148

七星饭店哪七星 ………………………………… 154

后　记 …………………………………………… 161

酒香梦中来

　　入冬，客家女人们就要开始忙碌着蒸酒了，在所有年料的准备过程中，蒸酒是最大的工程。巨大的饭甑架在灶上，雪白的糯米倾倒入甑，成堆的木柴燃起熊熊的火焰，半小时工夫浓郁的米香便在冬日清晨的阳光里弥漫开。孩子们闻香而至，端着碗眼巴巴地盯着冒着热气的饭甑，女人们宠溺地盛出半盆糯米，拌白糖或炒香菇做成"酒饭"打发走小馋虫。蒸熟的糯米晶莹透亮，一桶桶泉水浇下去，雾气升腾包裹住忙碌的女人，若隐若现像极了国画里的写意。冷却的糯米均匀拌入酒饼（酵母）密封好，一个对时后打开酒坛，仿佛能听见糯米发酵时的欢唱，酒子（原浆）奔涌而出。讲究的人家会挑选上好的山泉水添酒，要说绿色纯天然，无外乎如此了吧！

　　蒸米酒，传统客家女子的拿手家务，在很长的岁月中，是衡量家庭主妇是否勤劳能干的标准之一。听老人闲谈，说有些人的手是沾不得糯米的，无论怎么努力蒸出来的酒都是酸的，年节里便只能四处求邻居告亲戚帮忙蒸酒，成为终身的遗憾。乳白色的原浆被客家人称为"酒子"，黏糯甜稠，蒸蛋煮鸡催乳效果极好，是客家女人坐月子必备的营养品。"酒子"滤去米粒称为"酒娘"，入口甜滑后劲十足，曾有北方汉子宴上无比轻视：这哪里是酒，明明就是糖水！遂如同灌水般豪饮，不以为意。孰料倒在酒娘"裙下"，三天宿醉不醒误了归程，惊呼甜蜜过后代价惨重，离开时带上两罐称要珍藏着慢慢喝，方不负如此醇厚的甜美。酒子添上山泉水，过滤沉淀的过程叫"割酒脚"，割干净的米酒上锅煮开，冷却后用酒坛封存好，一家人全年待客自饮就在其中了。更有灵巧的主妇把密封的酒坛用谷壳堆埋起来点燃，守着时辰熏煨，酒色渐渐由米黄变成琥珀红，透着油亮的光泽。熏煨过的米酒入口更顺滑浓稠，存放时间长，埋入

地下多年不坏，是为"隔冬酒"，民间有俚语"来到汀州府，没食（喝）隔冬酒，惆怅无限久"。《长汀县志》中记载明万历年间就有用"隔冬酒"缴纳税收的实况。楷书四大家之赵孟頫曾在赠汀州总管吴思可的诗中写道："山城酒熟倾鹦鹉，丽馆春深听鹧鸪。他日相思应怅怅，离筵不忍赋骊驹。"诗中可见"隔冬酒"在闽西之盛。

南山镇塘背村及周边乡村的百姓在酒料中加入"红花"等中药，把酒坛密封好用谷皮熏烤，慢火细心把坛内米酒烧开滚透，再将酒坛运至通风干燥的山洞中窖藏；或者把整坛米酒层层密封沉入水塘底，多年后将水塘抽干从塘泥里将酒坛挖出，米酒经如此堆坛陈酿，称之为"塘背老酒"，观之色深如油，酒性深烈醇馥幽郁，深得客家壮实汉子的推崇。清代著名画师上官周，祖籍南山，塘背老酒常摆在他作画的案头、饭桌，一杯家乡酒下肚："三秋初见月，飘然有所思。金风声冽冽，枫叶何离坡。图画宛然似，颇类元大痴。"到汀南片得"塘背老酒"入宴，被尊为待客之上席，贵宾之礼。

每年农历二月二，龙抬头的日子，天光隐隐濯田镇升平村就开始忙碌起来，村中的朱氏祠堂前摆起长长的木桌，一壶壶盛满米酒的锡壶整整齐齐地摆放起来，最鼎盛时超过千壶之数，民间称为"百壶宴"。斋戒了三日的男人抬起木轿，与菩萨共舞。祭神结束后，村民们不分男女老少纷纷将酒壶高举到天空，抬头仰脖就喝，金黄的米酒沿着嘴角溢出来，从脖子流淌回大地，在众人的起哄声中，咕噜咕噜一整壶就见了底！

客家人的日子离不开米酒，祭祖民俗待客日常三餐。祭祀或民俗活动时，装满米酒的锡壶一排排摆放在祠堂供桌上，数量的多少既代表着这个家族人丁兴旺与否，也彰显着财富与荣耀。鞭炮响起，淳朴的祈祷随着米酒浇入土地，热腾腾的希望与万物一起生长。正月里是客家人最热闹的时光，络绎不绝的客人流水的宴席，猜拳劝酒声此起彼伏。男人们要"老酒"，女人们和外地客人要"甜酒"，一壶两壶见底脸就赤红起来。疲惫或激情释放在酒香中，家长里短、亲情友情、回顾展望在觥筹交错中渐渐变得厚重。"酒淡，多喝些。"女人们从厨房里出来，带着羞涩的微笑劝酒，客人们就会热烈地回应：菜好吃酒好喝，我们又饱又醉啦！若来客中醉倒两三个，主人便心满意足，觉得地主之谊落实，客人吃喝尽兴了，招呼上亲友中的青壮小伙子将喝醉的客人安然护送回去。

客家米酒最好用锡壶盛着，可长期存放不变质，锡壶有大有小，或半斤一壶或一斤一壶，也有三斤、五斤的壶。锡壶随着酿酒的手艺在各家各户里传承，田里新摘的青菜起锅时洒点米酒，肥滑香嫩的河田鸡加葱姜、米酒煲上半小时，酒子放入家养鸡蛋清蒸，喝的是米酒，吃的也是米酒。邻家有农妇红润健硕，晨起早餐必是米酒浇饭，一日不吃寝食难安，从未见其生病染恙。进她家就问："渴了吧，倒碗米酒给你喝！"然后一碗米酒就会端到你面前，黄澄澄地荡漾着诱人的香气，让你措手不及。酒量不过尔尔的我，总被窘得落荒而逃，走出很远还能听到她在喊："不怕，酒很淡……"米酒很淡，酒精度十多度而已，夏天冰着喝冬天烫着喝，可海碗牛饮可小酌怡情。伴着先民迁徙的脚步，米酒静静地渗透进客家人的血脉里，流淌出岁月与情感的醇香。无论你隔着山离着海，走出千里万里之遥，一壶米酒就能轻易地唤醒思乡的魂牵梦萦。

"红泥乍擘绿蚁浮，玉碗才倾黄蜜剖"，唐代名相张九龄醉吟汀江畔谢公楼上，又有多少人梦中归乡，只为寻那缕清冽的酒香……

客家米酒 以糯米、酒曲为原料。将糯米洗净去杂,放入饭甑蒸熟,用冷水冲淋冷却后,加入酒曲发酵,七天以后添加适量清水,继续发酵。一个月左右压榨去掉酒糟,炖酒澄清后剔除沉淀,装入酒坛封存。客家米酒,色泽透明醇香适口,是客家祭祀、待客和日常生活中的必需品。

秋，麻藤包爬满山

刚刚参加工作时，同事秋有个青梅竹马的男朋友家在农村，聚少离多。也许我是离家最好的借口吧，到周末她总拉着我共赴相思之地。

男生叫桂，长得秀气清新，性格温顺少言，高考落榜后回家承包了两座果山。我骑摩托车载着秋来到山林脚下，桂会等在村口，看到我们他就绽开羞涩的笑容。秋从摩托车上跳下来，飞奔到他身边手牵手慢慢走向看守山林的小屋，我骑车跟在后面，看着他们背后长长的影子并立同行，觉得奔波也如此美好。小屋非常简陋，一盏昏黄的电灯和一张简易行军床，然后就是横七竖八的劳动工具和斗笠蓑衣。门口临时搭盖的厨房边上放着两个蜂箱，四季都能看到蜜蜂忙碌地在蜂箱口钻进钻出。屋后就是成片的果林，春天桃花粉红如胭脂，初夏油奈花洁白赛冬雪，夏末初秋时漫山遍野的野果，蝉鸣鸟叫陪着我们。偶有野鸡被惊起吓得我和秋尖叫连连，前面开路的桂就会紧张地跑回来盯着我们上看下看，确认我们安然无恙。秋常常故意装出受惊的模样，一脸得意地看着桂围着她转圈安抚，再偷偷地冲我做鬼脸，眼睛里装满了笑意。

年轻的我们对果园里压弯了枝头的水果并没有太大兴趣，总是缠着桂去寻鸟窝摘野果，在密密的林中寻找惊喜。矮矮的灌木丛里能找到一片一片的"水林子""米筛子"，挑选个大紫黑的摘下也不用清洗，整捧扔进嘴里，酸酸甜甜的汁液染得舌头牙齿嘴唇全部紫黑紫黑的，我们打闹着互相取笑对方的大花脸，笑声在寂静的山林清清脆脆地传出很远。金秋十一月，我们跟着大树去找麻藤包，粗壮的藤条缠绕着树干生长到树冠，金黄的麻藤包就一串串高高挂在藤蔓上。桂利索地爬到树上，从腰间抽出镰刀砍断藤蔓，然后用力地扯下整条带着

005

麻藤包的藤蔓，大喊着让我们小心别被砸到，然后轻轻扔下来。我和秋等在树下，吃力地把麻藤包掰下来装到竹筐里，往往我们还没掰完，新的一串接一串又扔下来。待我们大喊：够了够了，别摘了！桂就会在高高的树上找个位置站稳，抹去满头的汗水，随手摘片叶子放在嘴里轻轻吹，金黄的阳光透过叶隙罩着他，秋抱着双膝坐在地上抬头看着。

　　我在筐里挑出最大个的麻藤包，没心没肺地找块干净的大石头坐下，小心翼翼地把麻藤包剥开，厚实金黄的皮里裹着金黄的果肉，密密麻麻的果肉里丝络分明，透着黑色油亮的果核，咬一口绵绵甜甜。天然的果香甜而不腻，吃着极需耐心，细细嚼后吐出干净漆黑的核，边吃边拨拉着核挑出最漂亮的心形果核带回家配上小红豆，串成手链、项链送给邻家小孩。青皮的麻藤包桂会背回家，埋在谷粒中焖熟，待颜色变黄，轻捏有松软感时掏出再送到城里，或给秋或给我。这满山的麻藤包不仅是汀城孩子们喜爱的野果，也是极好的民间偏方，煎水后对呕吐腹泻有奇效。旧时，麻藤包曾是山民们食用糖的来源，家境贫寒的山民待秋季麻藤包金黄满山时便一箩筐一箩筐挑回家，剥去果皮用铁锅熬煮成浆，滤去果肉和果核再反复熬煮到锅底出现赤红的结晶，小心刮起保存，待年节做糕点调味时才取些使用。我没有见过和尝过，想来味道不太纯正可口，不然必定会成为传统美食被保留和流传。

　　慢慢地这段地下恋情被发现，除了上班秋开始被禁足在家中，连我也不能再约她出门。一夜，我从秋的家中出来，桂推着自行车在巷口孤独地站着，路灯把他明显消瘦的身影拉得细长细长。我迎上前，他看着我良久没有说话，递给我一个沉甸甸的包，打开是麻藤包、香藤包和棠棣子等各色野果。等我抬头，桂已经骑着车离开，这是我最后一次见到桂。两年后，秋工作调动去了外地，再无音信。如今，深秋季节总能见到麻藤包洗净包装好，或摆在各水果店中出售，或沿街叫卖，价高可比荔枝龙眼，甚至电商开始蹲点收购，一果难求。

是日，有友午后泡茶闲聊。聊到野生的麻藤包，友得意地讲起他用麻藤包逗外地朋友。告诉他们，这野果如何长于深山老林采摘困难，吸日月精华得天地灵气，果实外形像牛卵，果核像肾，因而怎么怎么滋阴补肾具有奇效，日食不可过三个。临行，每人送了一筐欢天喜地背回北京去。友讲完开心地大笑，一束阳光柔柔照在他身上，我捧着茶杯静静看着他，忽然就想起多年前，腰间别着镰刀站在树上，吹响树叶的桂。

时间是一服霸道的良药，野果般酸涩清甜的青春终将逝去，蜕变就像成熟后的麻藤包高高挂着一样必然。在时间和现实的夹缝里，有些人和事脆弱如风干的果核掉落，只留下树叶在记忆里"呜呜"吹响……

麻藤包 木通科的一种藤本野果，学名钝药野木瓜，国南部、长江流域，果实自然成熟期一般为十月至十一月，果实呈肾型，果肉为半透明状，肉质细嫩多汁，浓甜可食，含有丰富的蛋白质、淀粉、可溶性糖、有机酸以及人体必需的氨基酸、赖氨酸、矿物元素等，具有疏肝补肾、理气止痛的功效。麻藤包广泛分布于中皮厚籽多，种子呈椭圆形，黑色。

河田鸡二三事

东门的老宅，很宽敞有庭院，门口还有块空坪紧挨着党校的围墙。墙那头是党校的枇杷树，墙这头是自己家的芙蓉树，夏天满树枇杷缀在墙头，姐弟们各展神通入嘴为快；秋天芙蓉红白相间开在绿叶里，我们在树下戴着花过家家。总有一群大大小小的鸡叽叽喳喳地跟着我们的影子，跳跃在记忆里的画面中。

春天，毛茸茸的小鸡买回来，大米撒一把便跟在我们后面，像滚动的嫩黄色小绒球。不知道宠物是什么的我们，放学回来的第一件事必定是去看看小鸡是否安好，有没有让老鼠偷了去。放下书包，拿上小铲就领着小鸡沿着围墙放养去，抓住毛毛虫扔到鸡群里，看一群小绒球抢得人仰马翻，我们在边上乐不可支。

春去秋来，小鸡们逐渐就长成了大鸡，每天清晨在公鸡熟悉的啼叫里大人们陆续早起，开始锅碗瓢盆的一天。母鸡在"个大个大个个大"的叫唤中生蛋抱窝，捡鸡蛋就成了我们姐弟争吵的理由。公鸡个大，全身金黄油亮偏偏尾巴毛色乌黑，鸡冠火红硕大，顶冠分为三叉，正是"峨冠装瑞玉,利爪削黄金"。它们昂首挺胸地在庭院里踱来

踱去，时不时飞上芙蓉树高声啼叫，宣告着自己的领土主权。若是有两三只公鸡，互相打斗得鸡毛满天飞，拿着扫把才能强行分开，鸡群围攻偷吃鸡食的老鼠更是常见。旧时泥墙瓦房在春夏之交时常有蜈蚣虫出入，家里养着河田鸡便可无忧。隐约记得爷爷和我们说过，这鸡在唐朝和明朝曾被赞为"斗鸡之雄"选送进京都。

　　到了中秋或春节，大人们会刻意避开我们杀鸡，待日暮西山一盘黄澄澄的鸡肉摆上桌时，我们方醒悟家里杀鸡了。对碗中的鸡腿完全没有抵抗力，早就忘记了上学前眼泪汪汪地警告大人不许杀鸡的决然，抓上就啃。我最喜欢热腾腾刚刚出锅的鸡肉，总站在砧木边守着切盘，母亲看不过我的馋样会悄悄塞一小块到我嘴里，不需要任何调料，肉的甘甜鲜香直达脑后。无论是白斩鸡还是盐酒鸡，都会按部位分配给全家，鸡腿给孩子，鸡翅是爷爷奶奶的。金黄的鸡皮下雪白细长的鸡肉纤维，轻轻抖动就能肉骨分离，配着青绿的葱和嫩黄的姜，入口浓浓的鸡汁，嫩滑劲道润而不腻，满屋都是香气。爷爷坐在中间，几杯米酒下肚将年纪最小的堂弟抱在腿上坐着，给我们讲河田鸡的神话故事：汀州，宋朝以来汀江航运通畅，户有余粮民风淳朴，夜不闭户路不拾遗。一日，天降金凤凰赐福汀州，不料金凤凰途中遭恶人捕杀，重伤后被河田一老婆婆藏于家中的米缸。恶人欲放火逼出金凤凰，惹怒天神，命电母将恶人劈死。金凤凰因受伤过重无法重返天庭，留下一对金蛋后化身温泉数眼，报答河田人民的救护之恩。金蛋因出世于凡间，孵化出一对金鸡，浑身金羽勇猛忠诚。这对金鸡长长久久在河田繁衍生息下来，演化成现在的河田鸡。故事讲完，爷爷会举着筷子说："一个鸡头七杯酒，一对鸡爪喝一壶。"我们姐弟皆不以为然，鸡头鸡爪哪里比得过鸡腿香！

在物质匮乏的岁月里，家家户户都多少养着鸡鸭，甚至还有喂猪的邻居，既可以应急出卖补贴家用，也是逢年过节祭祀、改善伙食的必需品。河田鸡得名于产地——长汀县河田镇，它骁勇善战，能看家护院、驱赶蜈蚣游蛇等毒物。河田镇根溪村的黄家婆婆曾养过一只河田公鸡，取名"乖乖"，因为勇斗毒蛇护主有功，黄家婆婆不舍得宰杀，一直小心饲养，直至寿命超过十一岁，是鸡中的"百岁老人"，引来无数媒体采访报道，成了一只响当当的"名鸡"。河田鸡出名后，有不少商家将鸡苗运往各地养殖，可是无论如何精心照料，口感都远远不如原地养殖的河田鸡，这大抵就是南橘北枳了。有专家论证，除却长汀极其优良的生态环境因素，在汀江两岸发现了丰富的稀土矿，这也许是河田鸡优于其他鸡种的终极秘密。

转眼就过了吃鸡时鸡腿一定放在我碗里的年纪，知道了儿时随处可见的鸡叫"河田鸡"，被称为"世界五大名鸡"，载入《中国菜谱》。如今想吃却不再随处可得，满市场都是正宗河田鸡的招牌，只有资深的主妇或吃货才可在鱼目混珠的鸡群中，准确地识别出家养的河田鸡，价格从普通禽类的价格飙升到四五十元一斤。

河田鸡的"三黄三黑三叉"成了人们识别的标准，识别的方法有认鸡冠的：鸡冠什么颜色，从哪里开叉开几条叉；有认羽毛的：色泽是否油亮，哪里黑哪里黄，拨开羽毛看鸡皮又是什么颜色；还有认鸡爪的：是否强壮有力，头趾多长多粗；还有人最直接，以吃到嘴里的口感来识别。母鸡要嫩公鸡要老，肉韧皮脆，不吃光看颜色就能诱人口水长流。这些年吃得多了，也有了自己独特的识别秘诀：毛孔清晰排列整齐、切成块后鸡皮边沿微微翘起、鸡胸肉香而不涩……河田鸡的烹饪方法也从白斩鸡、盐酒鸡、清炖鸡汤变得花样百出，数不胜数，有饕餮者总结：怎么烹饪根本不重要，鸡好就好吃！白斩鸡，汀州第一大菜的名号衍生出"无鸡不成席"的说法，让天下食客们颇向往之。

无论是被养在唐明皇两宫的鸡坊中，有着李白赋诗"路逢斗鸡者，冠盖何辉赫"的威武气势；还是色香味俱全端上餐桌，供人大快朵颐的长盛不衰，河田鸡正日益成为汀州的美食品牌代表，在圆了不少追寻者的口福梦的同时，还承载起了不少农户发家致富的重任。每当驱车郊外，遇上散养的鸡群在田间撒欢找食，就忍不住找到主人，讨价还价一番带回去两只，以飨家人。

好鸡的诱惑挡不住！

河田鸡 福建省长汀县特产，中国国家地理标志产品，素有"世界五大名鸡""名贵珍禽"之美誉。河田鸡在唐朝、明朝曾被赞为"斗鸡之雄"选送进京，有着李白诗中"路逢斗鸡者，冠盖何辉赫"的威武气势。河田镇有河田鸡是金凤凰留下的金蛋孵化而成的神话，此鸡骁勇善战，能驱赶蜈蚣游蛇等毒物。河田鸡肉含蛋白质多，脂肪适宜，肉质细嫩，皮薄柔脆，肉汤清甜；羽毛金黄发亮，嘴、脚、皮呈黄色；富含人体必需的多种氨基酸，具有较高的营养价值。

糖姜蛋

TANG JIANG DAN

闽西，山环水绕，层峦叠翠，清新的空气巨大的氧吧，《汀州府志》中载："南方称泽国，汀独在万山中，水四驰而下，幽岩纡溪。"郡倅郭公正祥有诗叹云："城池影浸水边水，鼓角声传山外山。"充足的雨水滋润了这块古老的土地，却也给辛劳耕作在这里的客家女人带来了潮湿的水气，如何去除湿气，在繁重的劳动中保持良好的身体状况？聪明的客家女人有她们传统的法宝——糖姜蛋。

糖姜蛋，有糖有姜有蛋自然不错，你如果以为不过如此，那就错了！能传承上千年，一碗地道的糖姜蛋怎么会简单呢？我们从糖说起吧！糖，古法熬制的红糖为最佳。在汀南濯田李湖等村落至今还保留着非常完整的古法红糖的制作方法，细长的糖蔗压榨成糖汁过滤，黄土砌灶，粗大的木柴燃着烈焰，将糖汁慢慢熬制成浓稠的赤红浆液，再用土纸垫底盛入簸箕在阳光下晒干，成块的红糖散发着甘蔗最原始的甜香，"凝结如石，破之如沙"是为上品。姜，须挑金黄细腻的小黄姜，不能误用了紫姜或沙姜，带皮细细冲洗干净，用棉线串起晾成姜干。

油炸后磨成嫩滑的姜粉，去除了姜的部分辛辣却保留着浓香及营养。

备好了这两大原料，我们就可以开始熬煮糖姜了。选上好黑豆加热炒至半熟，飘出豆香后加入花生油、红糖、姜粉，中火慢慢熬煮。熬煮过程中半点不能偷懒，要不停地从底部向上翻搅，让糖、姜粉、花生油充分拌匀融合。这是非常考验耐心和气力的过程，稍微疏忽糖姜就会煳锅烧焦，或者红糖、姜粉融合不均匀口感就会忽甜忽辣，那面对这一锅原料就得纠结了：食之味不对，弃之太可惜。待一锅原料熬成漆黑油亮的膏状时，盛入陶瓷或玻璃器皿内，放置阴凉处或冰箱里可半年不坏。

糖姜熬制好了，想吃时取出适量。清水煮米，米半生半熟时捞起滤干水分，长汀人称为"米骨"。油锅烧热把米骨炒熟，米粒在油锅里开始欢快地跳跃时盛起。鸡蛋煎成金黄焦香的荷包蛋，客家人喜欢一次煎三个或六个、九个，要的是吉顺久长的意头。炒好的米骨、荷包蛋倒进锅中加上适量的水，最后加入糖姜中火煮开，一碗经过了繁多工序的糖姜蛋至此圆满完成。红糖的甜、姜粉的香、花生油的清、黑豆的酥，配上米骨的嚼劲、荷包蛋的松软，每一口都是大自然醇正新鲜的味道，给舌尖带来不断的惊喜。现在生活条件好了，有些人家在煮糖姜蛋时还会加入枸杞、红枣、桂圆，端起碗来满满都是爱意。

客家女子勤俭、刻苦、坚韧且聪慧，田边地头、屋里屋外、老人孩子，起早贪黑鲜有闲暇的时刻。坐月子恐怕是她们一生中仅有的能被悉心照顾、无须劳作的时间。伴着新生儿"哇哇"的啼哭，热腾腾的糖姜蛋端到床前，在丈夫的笑容里所有劳累都消除了。在被称为"第二次重生"的月子里，糖姜蛋起了不可替代的作用：红糖补血通淤排恶露，富含核黄素、胡萝卜素、锌和钙；姜粉发散风寒、止呕解毒，能消炎抗菌；黑豆养血平肝、补肾壮阴，再加上花生油的消积食作用，最简朴的食材功效得到了最完美的组合，温暖了千年以来数不清的客家女子。在孩子满月前，添丁的人家要煮糖姜蛋给亲朋好友挨家挨户送去，长辈每人六个蛋，平辈或小辈每人三个蛋，大家庭按人头往往要煮上一大锅，喜气洋洋地扛去。孩子出生十天后，新生儿的父亲要挑着糖姜鸡、糖姜蛋、米酒等食物到老丈人家报喜。知道女儿顺利生下孩子，开心的娘家人抓鸡的抓鸡、取鸡蛋的取鸡蛋，自家养好的鸡群与染红的蛋把报喜女婿的篮子装得满满的，给女儿滋补身体，这个礼仪，客家人称为"报婆婆（外婆）"。送的人红光满面，收的人贺喜不断："快长快大、快长快大！"诚挚的祝福在香气中吃进肚子，踏踏实实。待孩子满月或周岁时，是要大宴宾客的，称为做"姜酒"。宴上第一道菜是"糖姜鸡"，将小母鸡加入糖姜慢火炖烂，肉香汤甜中有姜粉的微辣，极其开胃；宴上所喝的酒称为"姜酒"，将糖姜加入自家酿制的米酒里熬煮，一杯入口甜香中带着微辣、活血疏经、周身温暖舒适。"姜酒"席结束时，每个来宾都能发到一袋染得通红的熟鸡蛋，来吃饭的孩子人手一个小红包，开开心心地归去。

　　岁月匆匆流逝，一代又一代的客家女子秉承着温柔顺从的性情，孝顺公婆、敬重丈夫、疼爱子女，田间劳作洗衣做饭，如同糖姜般醇香质朴，带给人无数的惊喜、丰富的内涵和最贴心的温暖，悄无声息却传统、执着地传承着，不可取代。

　　想吃吗，到长汀来吧！随着朝阳的升起，在客家女子手中接过一碗浓香扑鼻、甜辣可口的糖姜蛋，暖手暖心暖情。夜间可千万别吃哦，否则第二天鼻血长流，不能怪我没有提醒你……

糖姜蛋 选用小黄姜洗净、晒干、油炸然后碾磨成粉,加入红糖、花生油、黑豆、枸杞等配料慢熬成膏。将饭粒小火慢炒,炒熟后,荷包蛋煎若干个,加水加糖姜膏煮熟即可。糖姜蛋气味芬芳,甜辣开胃,具有祛产后风湿、补气血的功效,能治寒痰,老少体虚者皆宜,是女子坐月子、平时滋补的良品。

灯盏糕

DENG ZHAN GAO

　　突然想吃灯盏糕了，早起提前几分钟出门顺便把菜一起买了吧！下着毛毛雨的天灰蒙蒙的，懒得穿雨衣直接出了门。早市很热闹，几家熟悉的肉摊和菜摊老板抢着和我打招呼，在说笑中挑好肉菜留给卖家保管，空着手奔早点摊去。

　　早点摊一如既往的生意兴隆，沸腾的油锅弥漫着烟味，一个个灯盏糕入锅激起滋滋的响声，在金黄的油汤里翻滚起伏，迅速膨胀像吹了气的圆球。老板熟练地将鼓起的灯盏糕上下翻动，不少人执着筷子守在锅边，炸好立刻被夹走，手慢了就要等下一锅。不时有人叫道："老板，炸个大的"，老板就会在灯盏糕中添上白萝卜丝、豆芽和肉片，加料后比普通灯盏糕更大更厚，咬一口肉香溢出来，浓香的汤汁满嘴，根本停不下来。"灯盏糕膨膨起，没

灯盏糕 食话 汀州 SHI HUA TING ZHOU

017

钱人馋（馋）得死，有钱人鲁（烫）嘴唇"，吃的就是这鲜香松软的热乎劲。

油锅周围是各色汤水，男女老少挤在高矮不一的桌子边，有要豆腐汤的也有要肉稀饭的，兜汤哩自然最抢手。油渍渍的小桌子上堆着高高的碗碟，里面撒着碧绿的葱花和星星点点的胡椒粉，边上放着个旧盆子，里面堆满了零钱。吃完早餐的直接把钱扔到盆里去，找钱也是自己在盆里拿，只有五十一百的大钞，老板才会放下手上的油勺动手收钱找钱。熟悉了，老板就会悄悄多塞两个灯盏糕给他，彼此会心一笑也无须客气。人来人往中，招呼声不绝于耳，有老者在和老板抱怨生活的种种不如意，老板边忙碌边倾听，半天后回答："人过六十万事休，你不要七想八想，吃得下睡得着就行了！"话音未落，两名穿着校服的高中生过来吃早点，老板冲着他们喊："还有半个月就高考了，加油啊！"哈哈，对什么人讲什么话，谁说百姓只知为生计奔

波，他们活得比谁都更明白透彻。大锅肉汤上的雾气在人声雨声里升腾，路上车辆喇叭不停地响着，喧哗里透着生活的平静。

儿时要过年才能吃上灯盏糕，作为年料家家户户都会炸些，用来送亲朋好友或打发馋嘴的孩童。炸灯盏糕要早起，天蒙蒙亮就得把头天按比例泡好的黄豆和大米挑到有石磨的人家中，一个人推磨一个人添料，吱呀声里雪白的米浆缓缓流出，磨好天就亮了。黄豆和大米的比例并不固定，大米少了灯盏糕就软糯些，大米多了灯盏糕则硬脆些，各家口味不同。经济条件好些的人家，会炸上几个加料的灯盏糕，在那个年代足够馋得孩子们口水直流。平日里难得能在街上遇到炸灯盏糕的摊点，若是看到，油锅的周围必定站着一圈刚刚放学的娃娃，目不转睛地盯着上下滚动的灯盏糕，咽口水的声音和着饥肠辘辘的肚子响。谁家大人要是于心不忍买上两个，哪怕烫得跳脚孩子们也会急着往嘴里塞，那种幸福和满足，是现在什么大餐都无法比拟的。

如今，灯盏糕作为客家美食的代表菜经常出现在豪华酒宴上，用高档的瓷盘摆放整齐缀以鲜花装饰，再由年轻貌美的服务员端送出来，在大鱼大肉间闪着黄澄澄的油光。可是怎么吃也找不回守在油锅边烟熏火燎的美好，仿佛外国人学唱京剧，发音再准确也不是那个味！

小吃是民俗文化中的精灵，街头巷尾的小摊小点，真实地传承着客家原始的风情和文化，味蕾用最直接的方式表达了乡愁和记忆，任何变迁都能被敏感的识别出来。就似外地人怎么也弄不明白灯盏糕分两层中间鼓起，边沿密合是如何炸出来的，我们却理所当然觉得应当就是这样的，因为我们的父辈祖辈教给我们时就是如此！

灯盏糕 将大米、黄豆按比例混合，浸泡三小时左右磨成浆，加入食盐、葱花。油锅加热后，用平底铁勺将米浆放入油锅油炸。米浆成形后会脱离铁勺，翻个后，待两面金黄时起锅。加馅料后再浇一层米浆，入锅油炸。灯盏糕两面金黄松脆，中间嫩滑糯软，豆香浓郁馅料多汁。的灯盏糕俗称为『大灯盏糕』。将瘦肉、香菇、冬笋切碎加盐拌匀，平勺上先加一层米浆，加上馅料

兜 汤哩里旧时光

DOUTANGLILI JIUSHIGUANG

寒冬的夜，蜷缩在被窝里和远在青岛的好友聊天。不知道怎么七扯八扯说到了儿时最馋的兜汤哩，脑海里立刻浮现出那些冬日早晨挑着担子，走街串巷叫卖的身影。从什么时候起他们在这座小山城不知不觉消失了，只留下满口的余香留存在记忆中，让我辗转难眠，入梦寻找那悠长的叫卖"兜——汤哩，兜——汤哩"。

兜汤哩，汀城特有的冬日小吃，由新鲜猪肉、炸肉皮、香菇氽制而成。不用味精以鱿鱼干提味，汤浓稠回味甘甜，肉嫩滑入口即烂，咬一口炸肉皮香脆泌鼻。最有技巧的是，肉在汤里煲上一天都依旧嫩滑不会老，这个就得深谙此道的客家巧妇们才知道其中奥妙了！旧时的汀州古城因位于闽粤赣三省交界，汀江航运发达，早市昌丰繁华。赶早市的商人、挑夫们都随身携带着饭箪上路，饭箪虽里有米饭和腌菜咸鱼，却干巴巴的不易下咽。聪明的小食铺老板把做好的兜汤哩用扁担挑到早市上叫卖，商人、挑夫们围拢过来，热气腾腾、鲜美的香汤买上一碗，配着家里带来的饭箪，对长途跋涉后疲惫的他们是如此美好。早市已消失在时光里，兜

兜汤哩里旧时光 食话汀州 SHI HUA TING ZHOU

021

汤哩却因为便宜好吃保留下来。

天气晴好的日子，就有人挑着兜汤哩走街串巷地叫卖，一头担着碗筷和清洗的净水，另一头担着大锅，下边还有用于保温的小炉子。锅里冒出的香气和水蒸气在刚刚升起的阳光里弥漫，叫卖声一起，不知引来了多少孩子的目光和口水。聪明的摊主专门把担子挑到工地边或市场里，早起干活的工人或菜贩们正饥肠辘辘地等着他们呢。一群人围着担子，碗勺的叮当声此起彼伏，或站着或蹲着，这个要多打点猪肉那个要多打点肉皮，边嫌烫边不停地往嘴里打，笑声骂声有时还能看到端着碗追赶和打闹。一块钱一碗的兜汤哩滚烫鲜美，热乎了他们严寒中的身躯。吃完散去，剩下摊主小心翼翼地数着各种零票，收拾碗勺。正要离去，常常会有没吃尽兴的再倒回来，叫着："再来一碗再来一碗"。摊主就会把刚刚收拾好的东西重新搬出来，满脸笑容地再盛一碗送上，提醒着："慢点慢点，要不要再添点汤？"两三个工地转完，不到中午锅就空了。

刚刚参加工作时，学校附近有个老大爷天冷了就每天准时九点钟挑着担子出现，门口早有一群同事守候着他。我从开始的好奇，到最后也发展成为铁杆粉丝。老人打好汤就静静地在边上守着，憨厚地笑着，非常满足地听着大家赞扬他的手艺。看谁碗空了就及时添上一勺汤，当然这汤是免费的。端着碗喝口汤，感觉温暖流动到了脚底，吃完细密的微汗从后背冒出，将冬天的寒冷驱赶得全无踪迹。阳光把担子和老人的影子拉得细长，暖暖的冬日照在身上，热热的碗捧在手上，细细体会着肉滑汤美。也许那时的猪不是用饲料喂养的，也许那时餐桌上的物品还很贫乏，一碗兜汤哩下肚，许久还有浓浓余香，想到就满口生津。

当美食成为记忆铭记在我们的脑海中时，美食就不单纯是厨艺的精湛或是舌尖的感官享受，更多的是承载着文化和年华的厚重。拼命也想不起来老人是什么时候消失在我们的生活中，兜汤哩的担子也渐渐退出了这座山城。如今细数各种高档宾馆的特色菜，山珍也罢海味也罢，都不会让我在这样一个寒冷的冬夜想起时有那样浓浓的暖意，垂涎欲滴！

所幸还有街边早餐摊点能偶遇兜汤哩，点一碗再来几个灯盏糕，有美食点缀的人生立马就鲜活起来！天快亮吧，明早我要去找我梦中的兜汤哩！

兜汤哩　汀州客家传统的小吃，以瘦肉为主料，加地瓜粉抓均，水煮沸后将瘦肉、香菇、鱿鱼丝、炸肉皮同煮。煮熟后再加入适量的胡椒粉、麻油、葱花等配料。兜汤哩是一种肉汤的统称，除以猪肉为主料外，还有以鱼肉、大肠、鸡肉、肉皮、炸豆腐丸子等为主料的兜汤哩。汤浓稠回味甘甜，肉嫩滑入口即烂。

皱纱肉观记

"爷，肥肉归我吃。""爷爷这个血脂高，你不能吃！""你多吃点瘦的，你太胖了。"当饭桌上出现烧大块时，这样的对话就重复上演。爷孙俩为着最后剩下的三两块肉总会争执，哪块肉瘦些哪块肉皮多些，最终决定归属于谁的碗中。能抵挡住烧大块配米饭香的人应该不太多。

烧大块，有个很雅致的名字"皱纱肉"，因肉皮的形状似古代皱纱自然绉缩凹凸不平而得名。不过说"皱纱肉"，能识者寥寥无几，还是"烧大块"来得响亮，在闽西可谓无人不知无人不晓，又与汀州府名人"胡瞎哩"颇有渊源。胡瞎哩，明末清初富翁之后，因不满清廷欺压，装痴卖傻疯疯癫癫，挥尽家财救济贫民直至郁郁而终。胡氏后人穷困潦倒，依靠变卖古董字画维持生计，过年才能吃上肉。胡家媳妇做年夜饭，一小块肉从灶头掉落不曾发觉。小半年过去，胡家媳妇清理放在灶边熄火用的"火屎罂"，发现罂中灰烬中有一小块猪肉，芳香扑鼻皮似皱纱，入口如同刚刚出锅，方醒悟"火屎罂"乃稀世珍宝。胡家请来当铺经验丰富的"老朝奉"鉴定，才知貌不惊人的瓦罐是周代的古窑陶罍。消息不胫而走，起初是长汀定光寺做法事时，主持会到胡家借宝，陈列在万寿堂中，左右配上玉如意，法事结束后再由主持送还。胡家有宝的消息慢慢地越传越广，每逢皇帝或太后庆寿时，汀州太守就登门借宝上京。据说，清末慈禧太后摆过寿宴后，这件"火屎罂"便无翼而飞，胡家人轻言微，不敢入京讨要，此宝再无人见过，皱纱肉却成为一道汀州名菜流传下来。皱纱肉，这道逢年过节、祭祀上供、招待宾朋必备的客家大菜历史悠久，无人知道始于何时，明清时便已列入官席菜谱，在汀州府衙的大桌上一次次被呈到各级官员雅士面前。肉香弥漫在汀城的上空，转眼不知道多少年。

许多外地人会把"烧大块"和"红烧肉"混为一谈。同许多传统的客家美食一样，烧大块的制作过程要比红烧肉复杂，以至年轻人会亲手炸制的已经不多。挑中等大猪的"腰板"，即肥瘦相间、肥肉切开向四周溢出、颜色红白相间的五花肉备用，分成长约十厘米、宽约五厘米大小的肉块，入水煮熟，以筷子能轻松扎进肉皮为准。滤去肉汤，用客家米酒浇肉块，重点浇透肉皮部分，油锅加热将肉块放入炸制。这一步没有经验的主妇很容易出状况，浇过了米酒的肉皮在热油中会产生剧烈反应，爆炸声声滚油飞溅，处理不及时或者方法不正确，会吓得尖叫连连或被烫伤。炸制的时间与火候也需要经验，否则不是肉皮没有炸透就是瘦肉炸得太柴，这完全是客家主妇们凭各自的感觉掌控，并无固定的章法。

炸完后的肉块去除了部分油脂可用梅菜干掩埋便于保存，想吃时取适量即可。亲手制作过烧大块的人就会发现，炸制后的肉皮只是色泽变得棕红晶亮，并无"皱纱"的效果，吃入嘴里跟老树皮似的。窍门是有的，将肉皮向下浸入肉汤或清水中，泡上两个小时再取出，皱纱的美丽条纹就会神奇绽放，整个肉皮变得松软香嫩。把肉块均匀切薄，烹制的方法有许多：春天晒干的笋尖加酱油、冰糖、盐爆炒盛起，再加入烧大块蒸煮二十分钟，笋尖把多余的油脂吸收干净，烧大块多了笋的清甜，吃起来肥而不腻，色香味俱佳，配饭配馒头都是黄金般的完美组合。或者用梅菜干将烧大块埋好，直接上锅清蒸，菜干里有肉香，肉块里有菜干味，亦是下饭的极佳选择。在年节里，烧大块配以红、白萝卜块或者炸豆腐加上八角桂皮等香料炒熟，用大盆盛出端上桌，浓浓的喜庆在抖动的烧大块中被释放得淋漓尽致。

有一旧识是莆田女人，个小人娇，对烧大块情有独钟，百吃不腻。凡有宴请时专等烧大块上桌，男人们闹酒要是闹到她的头上，她就把整盘烧大块端到自己跟前与对方打赌：男的喝一杯酒她吃一块肉，总有男人想看她出洋相，豪迈而赌。结果几乎没有意外，对方一杯酒下肚她就津津有味一块肉下肚，三杯三块五杯五块，眼看着一盘烧大块去了半盘，她依然从容，男人们往往大惊失色败下阵来。她就会得意地把剩下不多的烧大块放在认输的男人面前，乘胜追击又吃一块逼对方再喝上一杯。全桌在这时达到狂欢状，认输想逃是没有机会的。

亲友们在外地的居多，假期回乡烧大块与河田鸡是他们不变的向往。只是如今工作忙了许多，也只能央求熟悉的饭店老板帮炸上几斤烧大块，待大家离去时带走。系上围裙在厨房里折腾大半天，听肉皮在油锅里惊天动地的跳跃，吓得鹿子飞奔逃离，却又经不起肉香的诱惑远远观看变成了记忆，也许哪天心情大好时会重演一番吧！

烧大块 别名"皱纱肉",长汀传统菜肴,清朝时列入官席菜谱,因肉皮似皱纱而得名,民间俗称"烧大块"。以五花肉切成大方块,文火炖熟后捞出沥干水分,趁热用客家米酒浇过,油锅烧热后将肉块炸至肉皮硬脆后捞出,淬入肉汤后肉皮呈现皱纱状。将油、糖、酱油加热熬制,把泡好的肉块切片炒制上色,加入笋干、菜心等配料即可。皱纱肉色泽棕红晶亮,肉皮松软肉香浓郁,肥肉不腻瘦肉不柴,爽口细滑。

百 鸭盛宴

BAIYA SHENGYAN

　　数百只煮熟后撅着屁股的鸭子被依次端上供奉的流水长桌，鸭肉香混在铁铳放出的火药香中，巨大的锡角"呜呜"吹响，农历六月的乡村空前的热闹起来。这是专属于鸭子的盛筵，长汀濯田镇美溪村这个风俗沿袭了多久，无从考究。

　　清早应邀赶往美溪，一个偏远的小村落。心有疑惑："百鸭宴"为什么不选在春节、清明这样的重大节庆？会有多少人坚持这个习俗？疑问有不少，但还没进村就被长长的车队堵在了路边，让我感叹一声：客家民俗的生命力如此坚韧。也不必问路，跟着一群红衣男子入村去，他们肩膀上扛着长长的土铳，腰间挂着一排小瓶，里面是满满的火药。人声鼎沸，车流不断地涌入这个小村落，外出打工的年轻人都回来了，客人也纷纷应邀而至。

　　村子正中央有巨大的樟树，浓密的树荫恰好遮盖住空地，老老小小围站着。戏台已经搭起来，红纸上未干的墨迹还往下淌着，写着今天演出的剧目。空地边上是长长的流水供桌，村民们陆续前来，提着

鸭子和黄米粿往供桌上摆放，不一会儿供桌上就各种脸盆、篮子密布。鸭子是大清早现杀的，一只只新鲜出锅的鸭子热腾腾，肉色金黄，撅着屁股两脚朝天，空气中悬绕不散的肉香，不知道招引了多少人的口水。这天，村民们会挑出自家养得最好的鸭子，因为谁家的鸭子养得肥、养得壮，供桌上一目了然，可没有哪家愿意成为同村一年的笑话。鸭子边上是圆圆的黄米粿，这是用草木灰过滤而成的碱水蒸出来的米粄，劲道爽滑，可冷吃可爆炒可做甜汤。想到一个词"酒池肉林"，供桌上林立的鸭腿，倒真是担得起这个奢侈之词！

"开始了，开始了！"人潮开始朝着村中间的小桥涌去。惊天动地的土铳陆续点燃，铳声好似命令，小货车载着的空气炮、路边的鞭炮齐响。大地剧烈地颤抖，青壮年们扛着"黄倬三仙"的神像，船灯龙灯同游。"三仙"披着红布端坐在木轿上，周围挂满一串串的红包，村民在路边燃烛跪拜。祭司扛着巨大的锡角，神秘又庄重地传出"呜呜"声，穿过非常有现代感的"彩虹门"，场面极富戏剧色彩。在樟树下，祭司口中念念有词跳起无人能懂的舞蹈，供桌上的法器被逐一摇响，众人专注虔诚地凝视着，眼里写满希冀。等祭祀结束，舞龙舞狮轮番上演，戏台唱起"咿咿呀呀"的小调，人们争先恐后地到神前上香。"黄倬三仙"，是美溪村民信奉的神明，传说中他们在山间水边杀虎除患，后被尊为仙师。美溪村中有汀江、涂坊河两条河流过，是重要的水路要道、贸易中心，盛极一时。相伴而生的匪患和水怪扰民，三仙闻知村民受苦，于六月初夏显神迹惩匪杀怪，救美溪村民于水火。从此后每年逢六月初六，美溪村民便杀鸭祭祀，把鸭血洒在土纸上献在神前，叫"打花"，以此感谢"黄悴三仙"搭救之恩，再祈国泰民安风调雨顺，汀城素有"鸭子滴滴"之说。

由于此地水质清冽，溪流丰富，鸭子放养于此处游水嬉戏，自捕鱼虾为食，日出而玩日落自归。鸭子健壮，肉质嫩滑可口，天长日久成为美溪人待客的特色菜肴。美溪也是极少数把鸭子当成供品上奉的村庄。长汀的鸭肉最传统的做法莫过于用鸭子煮粥：整只鸭子用大锅水煮捞出，把鸭汤和鸭内脏另外用小火熬米粥，肉粥香甜入口恨不能将舌头一起吞下肚去；鸭肉白切成盘，蘸葱姜汁或山茶油，客家米酒喝起来，不是神仙，胜似神仙！美溪村得天独厚，"百鸭宴"将这一道土生土长的客家菜与民俗相生相伴，演变成了文化，紧紧抓着远行游子的心，每年农历六月，鸭子滴滴声声召唤他们归家的脚步。

有好事者问：百鸭宴，鸭子们怎么想？！这个，鸭子还真没有告诉过我。不过私以为，生活在美溪的鸭子比关在养殖场里暗无天日的鸭子们幸福多了，快乐无忧地度过"鸭生"也算活有所得吧！

鸭子们，别啄我……

百鸭宴 每年农历六月初六，濯田镇美溪村的村民将自家养的鸭子宰杀煮熟，每家一两只，全村集中一起有几百只，用于祭拜『黄倅三公』，形成闻名遐迩的百鸭宴。美溪位于汀江、涂坊河两河交汇处，水量丰沛水域宽阔，生态环境保护良好，是鸡鸭养殖的绝佳场所。百鸭宴中的鸭子可做鸭肉稀饭、白斩鸭、干蒸鸭等，鸭肉嫩滑甘甜，极具特色。

簸箕粄

BO JI BAN

夕阳西下闲坐庭前,夏的气息带着清凉吹来。丛山远远绵延,新月遥遥挂着,天还蓝蓝的明亮。近处金色的稻浪摇曳出清清的香甜,蝉鸣和着蛙叫声声,炊烟陆续在周围的农户家升起。应好友燕子之约到宣成过周末,杨成武将军故里的宁静让心神都清敏,情绪似星星就闪亮了。

"你要不要进来帮做簸箕粄?"燕子从厨房的小窗冲我喊了一嗓子,我乐颠颠地应了声就钻进厨房。成垛的柴火散发着原始的木香,竹刷在燕子大嫂的手中翻飞,大锅发出清脆的声音,大哥提着两个洗得发亮的簸箕和一桶米浆进来。我坐到灶前抓起松毛点燃,久不烧柴火灶有些生疏,几乎烫了手。大哥大嫂刚刚从地里收工回来,被燕子赶着去洗澡,厨房里剩下我们俩东一句西一句的边聊边忙。总算在"噼啪"声中把灶火烧旺,燕子把炒好的花生去皮装在小石臼里,我接过来在灶门前捣着,花生香混在松毛燃烧的清香里,引得我先塞了几粒花生进嘴里解馋。燕子嘲笑着我,手上没有停歇,洗干净的豆

芽，剁好的瘦肉末、豆角末、香菇末，细长的红萝卜丝。把馅料入锅加油爆炒，肉与香菇的浓香立刻覆盖了整个厨房，飘出窗去。馅料炒熟后将锅洗净，再把葱花放入适量油里慢慢熬炸，直至碧绿变成金黄，加入酱油煮开盛起。我亦慢慢找回烧柴火的感觉，两个人配合默契，簸箕粄的备料很快就完成了。

燕子将锅洗净加入水待开，大嫂进来笑着要赶我们出去，推让了几句燕子和我解释，"蒸簸箕粄嫂子比我厉害"，便出去收拾餐桌了。水开，大嫂把簸箕放入锅中蒸热，将磨好的米浆打入簸箕中，迅速把米浆均匀地摇成薄薄的一层，重新放入锅中蒸片刻取出。米浆已经变成了透明晶亮的簸箕粄皮，大嫂用汤匙沿簸箕的边划了一圈，将整张簸箕粄皮从簸箕上小心撕离，分成六小块放在边上。又提起另一个簸箕打上米浆摇匀放进锅中，趁蒸熟的功夫，把馅料加到刚刚分好的簸箕粄皮里，卷成圆筒装在盘中，六块裹完，下一锅的簸箕粄皮又熟了。两个簸箕轮流蒸煮，整个过程如行云流水般顺畅没有停顿，我端着小石臼看呆了，直到大嫂出声提醒火不够旺，方醒过神来。随着大嫂舞蹈般的动作，盘子里的簸箕粄慢慢叠高，等我把小半盆花生捣碎，大嫂已经完工开始收拾了。

大哥把饭桌移到大门外的晒谷坪上，燕子带着两个小侄子七手八脚地搬着碗筷。凉爽的晚风阵阵，仿佛能吹入心间。大嫂端上堆成玲珑宝塔状的簸箕粄，边上放着油葱咸汤和花生末。簸箕粄洁白如玉，轻薄透明如纸，隐隐带着馅料的花花绿绿，细看似有似无印着簸箕竹编的花纹。夹两条到碗里浇一勺油葱咸汤，再把花生碎末撒上，看着愉悦了眼睛，竟有些不忍下口。劲道柔软的簸箕粄咬入嘴中，皮的细腻光滑带来舌尖的快意，花生的香酥抢先占据了味觉，细

嚼，油葱与香菇肉末的口感争相涌出，人生就满足在这样宁静的夏夜。

簸箕粄与西北方的"凉皮"有异曲同工之处，汀杭武各处皆有，馅料有细微的区别。捧着碗不由就想象或许千年前客家先民漫漫迁徙的途中，就是这么一碗簸箕粄伴着走过了千山万水。拦住大嫂不停往我碗里搬簸箕粄的热情，燕子和大哥细细碎碎地商量着添置部新农机，两个小侄儿追着狗在笑闹。

一群大雁排着"人"字在高高的天边飞过，两只白鹭从田里掠起，晚归的牛摇着尾巴踱来，"稻花香里说丰年"大抵就是如此吧！

簸箕粄 又名『笼床饧』，大米泡水后磨成浆，用平簸箕摊均米浆隔水蒸五分钟取出，包入炒熟的肉丝、韭菜、豆芽等馅料，卷成长条，浇上熟油、酱油、花生末等配料。色泽洁白晶莹，细嫩香甜，爽口不腻，是闽西地区的传统食品，民间节日时多用于供奉和招待亲友。

鸡肠面的守望

JICHANGMIAN DE SHOUWANG

　　再次踏上这座晃悠悠的蜈蚣桥依旧两腿发软，心脏随着一尺宽的桥面上下颤抖。"老师，你小心点"，汀华紧紧抓着我的手，我被他捏得生痛也不敢松开。过了桥还有一段长长的山路要走，汀华提着肉和油走在前面，风吹起他洗得发白的衣襟，长期营养不良的身子愈发显得瘦而高。

　　汀华的奶奶佝偻着腰在忙碌，见我们上山小跑着迎出来。看到汀华手中提的东西，瞬间变了脸："老师，这怎么好，这怎么好，你又破费！"我不忍看她红了的眼眶岔开话说："不是说汀华今天自己下厨做饭给我吃吗？都准备了些什么好吃的？"汀华摸摸脑袋说："老师，鸡肠面行不行？""好啊，我来帮你吧！"奶奶拦在我面前："不敢的，哪里能让你干活！"满脸的坚决！我无奈地笑笑，看着他们祖孙忙碌。一切和我两年前第一次家访一样，孤单的祖孙，疯了的父亲，贫寒的家。

　　"老师，这么多鸡蛋够不够？"汀华小心翼翼捧着碗到我跟前，里面静静地躺着十来个鸡蛋。"都打了，蛋多才香！"奶奶叫着，我小声叮嘱汀华"有几个就行了，别浪费"。汀华冲我笑笑，我接过碗和他进了厨房。鸡肠面，客家农户最简易的小吃，形似鸡肠，其实并无鸡肠，是用地瓜粉加鸡蛋做成的点心小吃。地瓜粉是冬天自家晒的，选个大无虫的地瓜，挑到溪边洗净，再打磨成浆用纱布过滤去渣，放到大木桶里待其自然沉淀。第二天上午凝结成固态，倒去上面的水再把底下的浆块晒干，这就成了地瓜粉。客家农户几乎家家都会在冬天做上几十斤，送亲友及自家三餐食用。汀华熟练地把鸡蛋、盐加入地瓜粉中，我盯着他放清水，这一步他特别小心，稀了或稠了都煎不出柔软适度的鸡肠面。趁着他打浆，我挽起袖子开始切菜剁肉，汀华愣了愣没有再制止我。锈迹斑斑

食话汀州 SHI HUA TING ZHOU

的液化气灶点燃热好油，汀华把搅匀的地瓜粉糊倒入锅中，他一边摇着锅把糊煎成薄饼，一边和我聊起了高考志愿："老师我想学医，你看好吗？""为什么想学医？""没什么，想把爸爸的病治好。"鸡肠面的香味慢慢散出来，汀华却突然沉默了……

我停下手中的活，回头看着他："是不是很喜欢吃鸡肠面啊？看你煎得这么熟练。""嗯，每次我期末考了第一，奶奶就煎鸡肠面给我吃，太香了！""炒着吃还是泡汤？""都好吃，小时候拼命读书想考第一，就为了能吃上鸡肠面。"我鼻子微微发酸，大山外面的孩子们追求名牌时尚，他却为一碗鸡肠面幸福不已。客家以兴学为乐以读书为本，以文章为贵以知识为荣，家中再贫寒也要极力供养孩子读书。这样的信念支撑着汀华一家，成为他们的希望和力量。

屋里突然传出"哦！哦！哦！"的大声怪叫，汀华停下切面的刀，抱歉地看着我："老师别怕！我爸锁着呢，肯定闻到了香味才闹的！"煎好的薄饼汀华切得很用心，细长的鸡肠面酷似剖开的鸡肠，整齐地堆在砧木上。"老师，冬天读书晚了全身冷冰冰的，吃上一碗最来劲了！""这么好吃，老师口水都让你说出来了。""嘻嘻嘻嘻。"我抢过锅铲炒起了馅料和鸡肠面，汀华静静地在边上看着，红了眼圈没有再说一句话。

午餐非常简单，一盘青菜，一盘炒的鸡肠面，一盆肉汤泡鸡肠面还有两碟腌菜和酸豆角。汀华打了肉汤要进房间喂父亲，奶奶抢着端去，内屋传出喝汤的稀哗声和盆子落地的响动。"老师吃，有这么多馅料炒肯定更香！"我尽量把肉都打到他碗里，他又默默把肉夹到奶奶碗中。我叮嘱着填报志愿的注意事项并努力地吃着，拒绝了所有学生的谢师宴，唯独无法对汀华祖孙说不。

送我到山脚车边，汀华拉着我的手不放，我拍拍他笑道："傻孩子，去上大学又不是不回来了，等过年我还来吃你做的鸡肠面！""老师。""什么？""我从来没有叫过妈妈，让我叫你一句妈妈好不好？""好！"我轻轻抱住这个比我高出一大截的孩子，半天后听他小声叫了句"妈"，泪水打在我后背，滚烫滚烫。

　　转眼，汀华就大三了。这三年期间他只匆匆回过家一趟，所有的假期他都在打工，我没有如约再吃上他煎的鸡肠面。坐在饭店酒家夹起鸡肠面，脑海里就是汀华瘦高的个子站在山脚，渐渐远去的身影。

　　贫寒的日子里，客家人骨子里"崇文"的信念决定着汀华努力的方向和希望。"子弟不读书，好比没目珠"，有书读只需要一碗鸡肠面就能撑起祖孙俩巨大的幸福，伴着他们熬过所有的苦难和艰辛，因为明天充满了希望！

鸡肠面　将地瓜粉碾细后，加入鸡蛋和适量水、盐调成稀糊状，取少量油将稀糊煎成薄饼状。煎完后，把薄饼切成小方块或细长条，即是鸡肠面。将鸡肠面加入香菇、青菜、肉丝、葱等配料，可以炒制可以泡汤。鸡肠面劲道清甜带着蛋香，炒制的劲道，泡汤的浓滑，是汀州客家家常待客的佳品。

煎 薯饼

JIAN SHU BING

　　煎薯饼（客家话"薯饼"的"饼"读作"piang"，普通话无此音节。长汀话存在这个音节有三种可能，其一，古音遗存，其二，古音流变，其三，方言自创，如"一jioluo"，"一peile"之类）。首先要从食材说起，因为许多外地朋友看到"薯"便认定为番薯（地瓜），其实不然。这个"薯"闽西地区称为"大薯"，笔者上蹿下跳找此物的学名无果，最后是朋友在中国食材网上觅得此物，系山药的一个分支。大薯的来历还有一个故事，大意是：古时两军交战，败退的官兵被逼进十里大山，四周被敌军重重围困，很快断绝粮草死伤无数。官兵们漫山遍野寻觅食物，终于挖到一种状如手臂的地下块茎充饥，休养生息后一鼓作气突围。这种救命的食物经过千百年来人们不断种植改良，演变成了如今的"大薯"。《长汀县志·物产志》中记载："薯蓣，俗称药薯，其肥大者曰大薯，有形如竹篙形如扫帚者。均有红白二种……"农家几乎都会种些大薯，以其形状不同，称"棍子薯"

041

"菩萨脚"等。颜色又分紫红白三种，以紫薯为好，外皮刮开紫衣水殷殷，肉厚且雪白煞是诱人。大薯只需去皮干蒸就浓香扑鼻，在艰苦的年月里填饱了无数饥饿的肚皮。

食材特殊，工具也特殊，洗净刮好皮的大薯要用"镭钵"刷成薯浆。镭钵，陶质，深铜颜色，脸盆大小，底部是拳头大小的一个孔，周边参差错落密布着锋利的齿牙，总体类似畲家做擂茶的"钵"。薯肉在镭钵上转一圈，雪白的薯浆沿着钵壁缓缓流下。大薯又重又滑前几分钟还觉得轻松畅快，后面就需要一定的体力了。薯肉在镭钵磨出清脆的"唰唰"声，牵引着劳动带来的愉悦。一盆薯浆磨好，切碎的大蒜叶、盐撒在雪白的薯浆上，再打上个鸡蛋，绿的、黄的、白的拌匀。色彩调动着食欲，不用入口就已经感受到来源于自然的美好。

少许油烧热，薯浆入锅火不能太旺，雪白的薯浆颜色慢慢变金黄，香气就直扑鼻尖。心细的女人能把薯饼煎得又薄又糯而不粘牙，小小的一盘看着不多，数数竟有二三十张，大小均匀厚薄一致。煎出的薯饼必须立刻吃，凉了就变得又硬又僵全无刚出锅时的味道，哪怕你再蒸煮也不复柔软，颇有几分"花堪折时直须折，莫待无花空折枝"的性情。热乎乎的薯饼有绝配，甜甜的客家米酒蘸着吃，舌根还在留恋米酒的甘甜，舌尖已经沉迷在薯饼的咸香中。吃上十来张，微醺，也无须分辨是醉于薯饼还是醉于米酒。

同是小吃，灯盏糕必定是早晨才有，过午就满城寻不得，而煎薯饼则是月上枝头，相约黄昏后方能觅得其踪。在热闹喧嚣的汀江河畔、在红灯高挂的城墙边、在明清古巷店头街中都能看到，矮矮的小炉，鲜红的炉火上油亮的平底锅，锅里煎着三或四张薯饼，边上摆着几张小桌子小椅子。来了客人只问"要几块钱？"然后两手飞舞，右手勺薯浆左手翻薯饼，一块钱两张，十块钱也不过聊两句的工夫。约三两好友坐在小椅子上，清清凉的夜风吹过，煎薯饼的香气在暮色的掩护下勾惹着蠢蠢欲动的馋意。一盘端来，三五下便不见了薯饼的踪影，留下的只有米酒的醇香和满嘴的油光。亦有人家将薯浆加鸡蛋一个，用汤匙舀成丸子油锅炸制成"炸薯丸"，外黄内白皮酥肉嫩，一样趁热蘸米酒，入口即化。

不必理会路边卷动的灰尘，无视人来人往的嘈杂，也没人计较碗筷高温消毒与否，吃完的走了，要吃的来着，直到月落星沉小摊收工。能留在我们记忆深处的味道，从来不是亮丽的场所里的某顿饕餮盛宴，而是由味蕾传达出的回忆和牵挂，温暖而熟悉的感觉。如此，就不难理解某君千里迢迢背着"擂钵"远行，为在异国他乡能吃上口热乎乎的煎薯饼，而与海关纠缠一天，费尽口舌解释所带何物，并非走私古董。

至此，依旧会有许多人纠结"大薯"何物，"擂钵"何样，倒也简单，文字再多不如亲临一尝。在古城汀州干净蔚蓝的夜幕下，我愿陪你日啖薯饼几十张，不敢求与尔同销万古愁，必定陪君同长一身膘！

饼也为客家地区所特有。

粮食品，极受欢迎。因大薯为闽西一带特产，系山药的一个分支植物，煎薯

盐少许，用油煎成薯饼即可，食用时蘸客家米酒别具风味，属绿色健康的粗

煎薯饼 将长汀特产大薯用特制的「擂钵」磨成薯浆，加入鸡蛋、蒜叶、

缘来珍珠丸

YUANLAI ZHENZHUWAN

　　我信缘，天地之大无数人擦肩而过，总会有几个人一见倾心再见如故，就像有些菜肴入口大爱念念不忘，譬如我与Yoyo、Yoyo与客家菜。

　　与Yoyo的认识源于摄影，初见便桴鼓相应彼唱此合，碧海蓝天下的沙滩有我们追逐风筝的成串足迹，绿草茵茵间的帐篷有我们跟拍星轨的瘦小身影，高山峻岭的绿林有我们拉扯攀爬的挥汗如雨，古村小巷中的石板有我们低声交谈的呢喃细语，转眼便是十多年。三月，细雨，春寒料峭里Yoyo如约而至，我们弃伞奔走在雨里古城，烟雾重锁的汀江，水润幽深的乌石巷，气蒸云梦的龙潭，直到华灯初上，湿了的衣裳挡不住寒气侵袭方觉出饿来。

　　雨夜的店头街，清冷的酒肆里被我们迫不及待的点菜声和嬉闹填满。晶莹的珍珠丸端上桌，Yoyo举起相机，我很默契地打起一个珍珠丸，灯光下半透明的珍珠丸微微抖动着，闪着诱人的光泽。还没等Yoyo放下相机，我们已经开抢，瓷盆转瞬见了底。Yoyo愤怒地往碗里搬着剩下的珍珠丸，不忘问我："好漂亮，是什么做的？""地瓜粉""啊？别哄我，怎么没有点地瓜样？"边上吃得正欢的老牛惊讶插嘴！我忽地就想起《红楼梦》里刘姥姥尝"茄鲞"，看

缘来珍珠丸　食话 SHI HUA TING ZHOU 汀州

045

我露出坏坏的笑，老牛用手指在我脑门上弹了一下，我笑出声来"不骗你，真的是地瓜粉！"Yoyo将信将疑盯着我，我朝她无辜地眨眨眼，她便继续埋头和珍珠丸奋战，希望在这碗爽滑劲道、晶莹剔透的丸子里吃出地瓜的痕迹。肉末、虾米、香菇末点缀在黄澄澄的珍珠丸间，细碎的葱花撒落，金黄、嫩红、碧绿彼此衬托如靓女簪花又似黄金镶玉，整盆珍珠丸就鲜美活泼起来，未动嘴先悦目怡情，入口和神、娱肠两不误！

珍珠丸，原料是当年新出的地瓜粉，先用擀面杖把颗粒粗大的地瓜粉碾碎，再用细密的筛子过几遍。筛好的细粉用刚滚的开水搅拌成糊，趁粉糊滚烫时，手蘸冷水用力揉搓以确保所有的粉粒透明。这个过程对动作的速度和技艺很是考验，慢了手被烫得通红，快了粉糊不匀称，下锅就散不能成丸。围观制作过程的Yoyo惊叹赞道："哇，少林寺的神功：铁布衫！"客家新生婴儿满月，主人家必做此菜送于亲朋好友，一是报喜，二为孩子"结缘"。客家菜的命名大多质朴，或以原料为名或以祈愿为名，珍珠丸，客家话称为"拷肉丸"，"丸"客家方言同"缘"音，又有"豆腐丸""满丸""鱼丸"等，未必是丸子的形状，表达对"缘"的祈求。"肉丸"可炒制，街边小摊们还会用珍珠丸裹上白萝卜丝油炸，表面浅黄，中间晶莹透亮，称为"炸肉丸"。客家先祖远徙他乡为客天下，最终何处安家以缘分定，异乡立足深知为客凄苦，以热情真诚求缘惜缘的处世之道扎根在客家人骨血中。客人入门即是缘，迎接他们的是家人般的温暖和热诚，甚至不需要认识。

Yoyo不是长汀人，却深深地迷恋着来汀如"归家"的氛围，对汀城有近乎热爱的情结，这里的风土人情、景观美食在她的镜头里展现出梦般的华美，是汀州古城最美丽的"图说名片"。她与我、与这座古城的交织，除了"缘"再无解释。寒冷雨夜里，亲密无间的伙伴围抢一盆热气腾腾的珍珠丸带来的快乐、美好的氛围与舌尖的享受存储在长久的记忆里，老了以后想起还会轻笑出声。

耳边Yoyo敲着桌子在笑："余情在，汀山汀水。明日再携残酒，来寻陌上花钿！"

长汀，且留下……

珍珠丸（肉丸）

以地瓜粉为原料，用开水烫至半熟，趁滚烫时用手揉搓后，将粉团舀成圆形小丸，再放入开水锅里煮透捞起。肉末、香菇、虾米、笋丝、葱花等用油炒香炒熟后加入珍珠丸收汤汁即可。珍珠丸在长汀历史悠久，有众多神话传说，多以和睦友爱、以德报怨等故事为主，以美食表达了客家人包容友善的精神。

糖糕，甜又软

假日几个朋友随意而行，离开翠峰村转入乡间泥路，颠簸半个小时后来到一个无名小山村。没有车辆，没有路人，车子静悄悄地停在原村部小学的坪前。坪上稀稀拉拉晒着农家自制的香肠、腊肉，快过年了！

午后的冬日把几缕阳光撒成错落的光影，懒散地在泥墙上斑驳。一个老人端着碗坐在墙角边晒太阳，对面黄狗紧盯着主人，摇着尾巴乞怜，希望有所收获。见到陌生人，老人有些许不自在，端着只有几根腌豆角的饭转身进了屋，掩上门。剩下阳光依旧金黄地照耀着墙角和小巷，寂静安详。村部小学已经荒废，坪上堆满柴火，散发着淡淡的木材特有的芳香。沿着青石块铺成的小路走了长长的一段，没有遇到人，只隐约听到远远传来狗叫声，古旧木门紧闭，没有晾晒的衣服，没有成群的鸡鸭。脚步声清晰，说话的声音传出很远，朋友调侃："幸亏是大中午，这要是晚上还以为拍《聊斋》呢！"

伴着拐杖"笃笃"的声音，一位老婆婆颤颤悠悠出现在我们面前："你们来找谁啊？""老婆婆我们不找人，就是进来随便走走的！""哦，来玩的啊！快进我家坐坐吧，我都很久没有看到外人来了呢！"我们婉拒了老婆婆的好意。老婆婆有些急切地转身回家又匆匆追出来，粗糙褶皱的手里捧着碗拦在我们面前："你们吃点糖糕吧！我刚刚才蒸好的，很甜！"朱褐色的糖糕上布着零星的红枣，推却不过婆婆的好意，我们每人抓了一块。"唉，我都九十多岁了，家里就我一个人，没有人帮忙，我蒸不了多少。你们多吃点，我放了很多红糖……年轻人都出去了，要过年了应该快回来了吧！"她不停地絮叨着，仿佛要把不知道藏了多久的话全说给我们听。

过年，客家最热闹的日子，各种年货酿的炸的蒸的煎的，精巧的厨艺淋漓

尽致的发挥。糖糕，糯米、大米按比例混合泡涨后磨成米浆，用巨大的石臼压，榨干水分，加入花生油、糖，手工将粉块揉碎拌匀，直到米浆能沿着手指缓缓流出，才算充分融合。簸箕洗净铺上碧绿的粽叶后抹一层油，下锅蒸热再将米浆倒入，撒上红枣、芝麻，旺火不停地蒸上半天。用白糖的，雪白细腻的糖糕上有红彤彤的枣、黑油油的芝麻，煞是喜庆好看；用红糖的，颜色不这么惹人怜爱，红糖的香味却浓厚许多，糖糕也更嫩滑，可煮汤可煎炸，是客家常备的吉祥年料。糖糕的喻义简单直白：甜甜蜜蜜，步步高！立足这空荡荡的村庄里，第一次在糖糕的香甜里吃出悄悄弥漫的涩苦。

　　谢过老婆婆我们继续前进，走出好远回头，老婆婆依然挂着拐杖站在那儿，看着我们离去的方向，霜白的头发在山风的抚掠中飘动，有些凄凄然的我们不再笑语。村子不小，我们在冬日走出了一头细密的汗珠却没有印象中鸡犬相闻、辛勤劳作、走亲访友的乡村情景，只有一扇扇紧锁的大门等候着我们，如同一副田园风光画静谧地挂在那儿，美亦美矣，失落了生机。

　　老婆婆还站在那儿看着进村的路口吗？风大天寒，回去吧！快了，快过年了，年轻人都快回来了……

糖糕　汀州客家过年必备的糕点，粳米配适量糯米磨成米浆压干，加入红糖（白糖）后拌匀，撒上白芝麻、红枣粒。以粽叶为底将拌好的米浆蒸熟后，倒出切块食用。客家在过年时蒸糖糕用于赠送亲友以及正月待客，因为香甜软糯、老少皆宜，是极受欢迎的特色甜点。

红菇闺处

HONGGU GUICHU

　　清晨五点多的山林非常寂静，除了脚步声声连呼吸都如此清晰。昨夜大雨让眼前的绿晶莹剔透一尘不染，叶上草尖坠着的露珠如晨星闪烁，缕缕白雾缥缈在茂林修竹间，东方浅浅地映着虹彩似的霞光，粉红淡黄宝蓝嫩白层叠，残月如钩斜挂。极目远眺，山下的稻田畦畦金黄，风过金涛翻涌，早起的农人陆续出现在田间，丰收亦辛劳。

　　"加快速度哦，不然红菇开了！"朋友看我和鹿醉在山景中流连，有些着急。等了数天才候来昨夜的大雨，在农村承包山林的朋友四点钟就催着我们出门，赶在日出前去找红菇。每年八月秋收时节，雨后转晴，四都、红山等乡镇的深山中红菇在凌晨冒出头来，旭日东升时伞盖就收拢干枯，"昙花一现"的生长周期催人赶早。上山

红菇闺处 食话汀州 SHI HUA TING ZHOU

的路开始还有小径，慢慢只有依稀的痕迹可寻，最后只能跟着朋友的脚印和鹿的拉扯前行。人头高的茅草打在脸上生疼，朋友挥舞着草刀开路，不知不觉我已经完全被鹿拉着前进。"老娘，小心石头！""妈，这里滑，慢点！"熟悉的内容和语气，角色却对换了。太阳渐渐挣脱云层的包裹，晨光钻过树冠，幽静空谷中鸟鸣仿佛被光线指挥着由弱而强，远远近近地喧哗热闹。深一脚浅一脚地踩在厚厚的落叶层上，惊起色彩斑斓的豆娘，高高低低地盘旋起落。偶有参天的红豆杉立在松间，松鼠欢快跳跃，蹲在树权间，瞪着黑溜溜的小眼睛打量我们这几个不速之客。

  各色菌菇星星点点钻出头来，松针里的是荻菌、草丛里的是赤米菌，"这是奶子菌，你们看折断就流出浓浓的白色汁液。那是枞树菌，也能吃的。哈，肉菌！这朵够全家吃个饱了！"朋友不停地教鹿识别，鹿背着的小筐渐渐沉重，可红菇依旧踪影全无。"妈，你看！"鹿扔下小筐就跑，奔向前方的艳红，朋友紧紧拉住鹿："别摘，那是假红菇，有毒！"鹿吓得愣住，"红菇的伞盖上必定有疤痕，这个菇红得很浅，菇圈没有伤痕和缺口，菌杆的颜色也不对。"沮丧的鹿失去了信心，倦容写在脸上，凌晨四点从被窝里迷迷糊糊起来，翻山越岭满怀希冀地寻找自己最喜爱的食材，虽有收获却不是心目中的那点鲜红！太阳东升，清凉的山风吹落额头的汗珠，我笑着安抚沉默不语的鹿，踏上归途。找到至今无法人工种植，市场价格飙升到七八百一斤的红菇，除了赶早还需要些运气和缘分吧！朋友牵起鹿的手给他鼓劲，我和几个偶遇的山民讨教如何辨认红菇、如何分辨红菇质量的好坏。红菇，以红山乡的质地最为优良，菇身小巧浓香极甜无涩感，菇柄细而红艳，伞盖底部幽蓝细腻，可惜产量极为稀少，产地多在深山老林不见人烟之处；四都红菇产量较高，菇身较宽大，菇柄胖且红白相间，靠近红山乡方向的味道优于其他各村，吃着有淡淡的木屑味。老菇农能看着一朵红菇大概判断出来自哪个乡镇的哪座山头，这本事让鹿眼里闪出崇拜的星芒。

  下山比上山还难些，厚厚的苔藓湿滑的泥泞夹杂大大小小的碎石，几乎连滚带爬四肢并用。朋友背着沉沉的竹筐探路找方向，鹿紧紧护着我，每步踩到实地才牵我前行。我叮嘱他小心，他笑道："我肉厚，天生软垫子。"看着不知不觉已经远远超过我个头的鹿，不知他是否还为寻红菇不遇备感遗憾？走神间脚下打滑，我扎扎实实地墩坐在野板栗树下，鹿拉着我龇牙咧嘴挣扎起身。"妈妈！""没事没事！""妈妈！"我奇怪地跟着鹿的目光转身，两朵并蒂小菇在枯叶丛中灿烂并鲜红着。娇小的伞盖羞涩地收拢，亭亭的菌柄晕染着浅红，伞盖上的露珠折射着红宝石的光泽，热烈纯粹却不张扬。鹿紧张盯着闻声折返的朋友，得到微笑肯定，才小心翼翼地摘下红菇捧我面前，激动的脸上掩不住的笑容："林里寻她千百度，蓦然回首，这菇却在老娘摔跤处！"

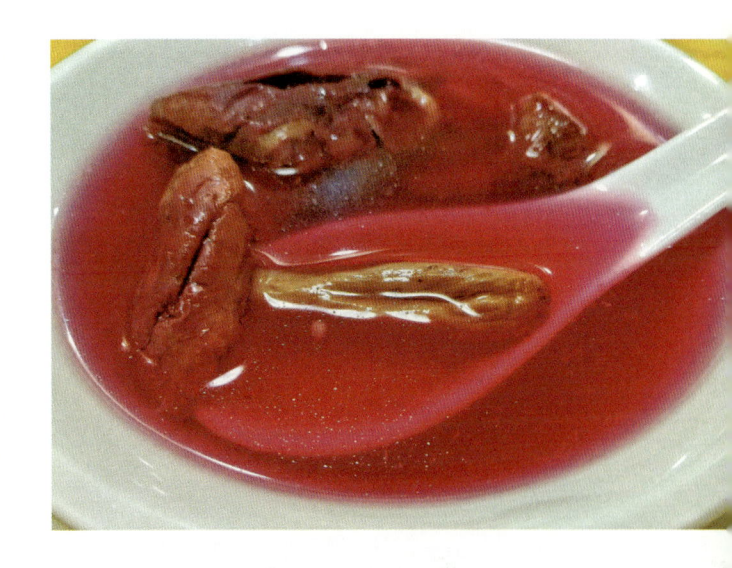

"妈妈，中午煮肉汤好不好？""不然炖鸡汤吧！""这么漂亮，吃了有点可惜啊！"剩下的路程，鹿在不停地筹划着红菇的吃法，我被絮叨围绕着终究没忍心提醒他：你摘到的是两朵不是两斤。其实这样就好，向往的力量、追寻的艰辛、失望的懊恼、收获的喜悦，陪在鹿身边与他共同经历和体会，看他超越我慢慢长大。

红菇之美，朝霞映日的殷红着清露不妖不染；红菇之珍，造物天成的灵气得日月其精其华；红菇之雅，幽谷密林妍静任无人自馥自馨。袅袅婷婷独立隐逸山中，欲求之必晨起林中月，逐汗崎岖路，得之报以海棠丹朱般赤诚，余香绕梁留。

甚好！

红菇 野生菌类，分布在有大量槠树的密林之中，每年农历六月至八月是红菇生长的旺季，时晴时雨的气候最佳。红菇含有五种多糖、十六种氨基酸和二十八种脂肪酸，风味独特，香馥爽口，性温补血。具有增加机体免疫力和抗癌等作用，经常食用，可使人皮肤细润，精力旺盛。

泡猪腰

PAO ZHU YAO

"写泡猪腰吧!"默说,这是他第三次和我提到"泡猪腰"了,着实对这个菜情有独钟。其实泡猪腰是近十来年才兴起的汀城菜,因氽煮速度快且味道鲜嫩脆滑非常受欢迎,以雨后春笋之势兴起,大大小小饭店宾馆早餐皆有此菜,慢慢竟也成为客家菜馆的招牌菜肴,出现在各地的大街小巷中。如此,也应当归为汀城特色美食,说说。

国人讲究吃什么补什么,如若过度饮酒早起宿醉眩晕,吃上碗泡猪腰猪肝即为补身保养之道,聊以安慰酗酒后的悔意。泡猪腰讲究刀功,猪腰对剖将中间的白膜仔细剔除干净,斜刀切得薄如纸片,地瓜粉加少许盐勾芡。水翻滚开后,猪腰下锅迅速捞起放入少许油盐、米酒,撒上香菜加勺茶油,再来碗香葱酱油拌面,口感相宜不逊色于豆浆配油条、灯盏糕配兜汤哩、烧大块配米饭。也有店家依客人要求搭配部分猪肝、瘦肉同氽,猪腰滑

泡猪腰 食话 汀州 SHI HUA TING ZHOU

猪肝沙瘦肉嫩，一碗肉片混搭和谐。

　　周末晨，店头街偶遇老同事拉着要请吃早饭，盛情难却进小店点了泡猪腰。老同事多年不见分外亲昵，说共事时的人与物，感慨时光飞逝的迅速。聊着聊着，指着碗问我："可还记得老雷，我们学校的美食家？""记得记得，跟着他什么好吃的都找得到！""你知道他是怎么做泡猪腰的？""有什么秘诀？"老同事拿出说书的范儿，听得我拿着汤匙直发呆：可还记得原来学校食堂用剩菜剩饭养猪，那些猪可是没有吃过饲料全是粮食喂大的。每逢杀猪的日子，老雷便早早去荷塘摘新鲜的嫩荷叶洗净晾干，等屠夫把猪血放干净开膛后就亲自动手取猪腰，用荷叶包好带回家。猪腰不能沾水清洗，要直接切片。老雷有把自制的竹刀，取上好的竹子削薄打磨成刀，用竹刀切猪腰或肉片，可以避免沾染金属的腥锈味，最大程度保持了肉质天然的香与嫩。勾芡的地瓜粉须当年的新粉，加少许土鸡蛋蛋清搅拌，汆汤的水用清晨朝斗岩上取来的山泉。水开后肉片入锅，老雷盯着锅数秒掐准时间关火，配料只加野山茶油、隔冬米酒、盐。

　　"那肉那汤那味那香……绕梁三日啊！"老同事说完，喝了勺汤狠狠地咂咂嘴，仿佛要吃出当年的滋味。原来泡猪腰还有这么讲究的吃法，我不禁遗憾当年不知此事，未能分得一杯羹吃，如今假装吃货也多个炫耀的由头。隔天在默的办公室小坐，鹦鹉学舌把老雷的吃法复述给默，自己没吃过馋馋别人也不错。默笑着听我说得神采飞扬，不时给我续着水仙茶，茶香里默的眉眼始终淡然，我有些沮丧："你喜欢吃泡猪腰，就不向往这么极致的做法？"默两手一摊：

"照这样的做法，我还有泡猪腰可吃吗？"我愣了愣继而大笑，确实照这样的要求还有多少可吃之物？"吃，美食之福，珍惜即可！小心吃成张居正，嘴瘾过足骂名留下。"默缓缓往杯里注入新茶，"一道菜能成为地方的特色美食，就应当普及惠至百姓，众乐乐方为乐。""原是我偏颇了！"释然后捧起杯，我也不再为当年的错过遗憾。

　　细数长汀菜肴，虽名声远扬有"吃在长汀"的美誉，却无什么凤髓龙脑入菜，从菜名到取料皆以平易寻常为上，并无刁钻促狭、鸾刀缕切的哗众取宠之举。客家人在千年的迁徙中披荆斩棘，在异地他乡恪守勤劳俭朴、崇孝悌、重桑农为处世之根本。"守耕读、务勤俭""端正勤俭、居身良法"的祖训代代沿袭，亦渗透到客家菜肴中形成追求菜肴天然本真的味道，提取原汁原味为佳的特色。

　　"衣食足，知荣辱"，吃是本能，自古民就以食为天，可以狼吞虎咽、风卷残云、满头大汗地吃；可以流觞曲水、丝竹之盛、畅叙幽情地吃。在吃里能游目骋怀、感于斯文就不再是"吃"了，是饮食文明，传承具备了文化的意义，美食才为百姓之福，不是暴殄的贪欲！

出锅即可。

用地瓜粉勾芡后水开入锅氽煮，加入米酒、盐、葱、姜丝等配料，快速

泡猪腰　近二三十年在汀州城兴起的小吃，因汤滑肉嫩迅速风靡于周边县市，深受食客欢迎。取新鲜的猪腰，去除中间白色的腱膜切薄片，

粉皮子

FEN PI ZI

近郊有远房亲戚夫妻俩，丈夫叫木木妻子叫水金。男的憨厚老实埋头干活，一天话不到五句；女的泼辣健硕嗓门粗大，村头骂人村尾听得清清楚楚。夫妻俩生了四男三女，因不识字男孩就叫一巴二巴三巴四巴，女孩就叫大秀二秀三秀，我至今弄不清他们兄妹的学名，倒是这小名能脱口而出。夫妻俩非常勤劳，披星戴月地忙碌在田间地头，却依然过得极其窘迫。逢年过节或者孩子们要注册交学费时，捉襟见肘的一家只能靠借钱维持着。水金要强，不愿和人低头哈腰，便逼着木木去借钱，夫妻俩争执不下。通常的结局是：水金抄起棍子就打，木木兔子般从家里窜出去，夫妻俩在村子里追逐，水金提着木棍追在后面，一棍把木木抽得蹦起老高，捂着屁股不停地"嗞嗞"吸气，满脸憋屈、低着头挨家挨户去借钱的模样深深刻在儿时记忆里。

每年春节，客家人总是热热闹闹摆上好几天的宴席招待亲朋好友，木木夫妻也会咬牙凑齐肉菜请经常接济他们的人家吃饭。幸而自家养猪养鸡种菜，需要花钱买的东西不多，宴席虽然简单倒也基本能过得去。每年都会跟随父亲到木木家做客，年幼的我坐在圆桌边好奇地看着一串大大小小的脑袋从厨房探出来，盯住桌面吸着鼻涕吞口水。席间有道常见的长汀客家菜——粉皮子，原料是地瓜粉用清水调成稀糊，再慢慢加上热水搅拌后平铺在铁板上蒸熟，起锅放凉后或切成细长条或切成小方片，最后晾干成硬片待用。因粉皮子过水后透明晶亮，被戏称为"镜子"，也称"葛粉""玉粉"。客人来了，粉皮子端上桌主客间会笑侃：平时来了亲和友，玻璃镜子氽猪肉，加配木耳黄花菜，汤鲜味美滑滑溜。煮熟后，整大块的粉皮子莹滑油亮不易盛舀，所以厨师会把粉皮子切小：方片状适合用骨头汤汆煮加入香菇、猪肉、笋丝或鸡鸭内脏；细长条状适

合用清水煮后捞起加入肉末、菜丝、香葱爆炒。木木家的粉皮子却是完整的一大张躺在汤盆的底下，客人们把汤和配料吃完了却没人捞出粉皮子来吃。

几年皆如此，有邻居悄悄告诉父亲："水金舍不得年年花钱买粉皮子，特意叫人蒸了不要切，吃完了汤倒掉再把粉皮子捞起来晒干，明年又能煮。"边上坐着的小伙子听后表示不屑，站起来筷子勺子并用，使劲在粉皮子上挖出两小块，打上汤津津有味地吃了。上菜的大秀把汤盆端回厨房，没几分钟传出锅铲使劲敲盆的声音，伴着水金的叫骂："哪个要命的，上辈子是不是饿死的哦，这样也要挖去吃啊……"骂着骂着，又哭开了"明年我拿什么煮哦，又要花钱重新买！"厅里一桌客人听到哭闹停了筷子，全部傻了眼，意识到自己闯了祸的小伙子涨红着脸，贴墙悄悄地溜得无影无踪。我跟着父亲进了厨房，木木手足无措地呆立在灶头旁边，不知道应该劝解老婆还是出去安抚客人，年纪较小的孩子围在水金身边齐声大哭，一顿饭最终大家不欢而散。从此，粉皮子的典故在村子和众多亲戚中传开了，父亲也没有再带我去木木家吃过饭。

七个孩子大多随了木木沉默的性格，闷声干农活做家务。老大一巴坚持边干农活边读书，到了初中实在拿不出钱交学费，他坐在屋檐下发了半天呆，独自上山摘野果，步行挑到县城去卖。在路上一巴被自行车撞伤，野果滚了满地。一巴举着赔到的十元钱，顶着满脑袋的血欢天喜地跑到学校注册。四季光着脚的一巴成了木木村里的第一个大学生，有了榜样，四巴和二秀三秀先后考取中专、大学，毕业分配在了城市。我陆陆续续从父亲那儿听到关于他们的消息，一巴进了机关后来去了市里，四巴在上海做生意发了财，二秀三秀嫁得很好，兄弟姐妹们互相扶持日子过得都不错。去年正月木木夫妻登门，力邀我们全家去看他们新建的楼房。

那日，木木新房门口的大坪里停满了小车，鞭炮放得满地通红，推杯换盏觥筹交错间有人说起了粉皮子的典故调侃木木夫妻。水金笑得前翻后仰："今天还请大家吃粉皮子，这菜以后年年吃，看谁还笑话我们！"菜端上桌一褐一白，朱褐色的是细长条的粉皮子，白的是燕窝。水金端起酒杯："城里人时兴吃这个什么鸟的窝，我吃着跟粉皮子差不多的味道嘛，还没鸡翅膀好吃！"大家哄堂大笑。木木涨红着脸突然举杯站了起来："以前穷没办法，多亏大家不嫌弃帮我们。一巴他们昨天商量在村里设个奖金会，谁家有孩子考上大学的都有奖！"

宴席从中午吃到月朗星稀才散，木木水金夫妻喝得醉如烂泥，被一巴兄弟们扛回房间。我们随着大伙一起告辞出来，走没多远，身后传来震天的响声，朵朵烟花接连盛开，绚丽了夜空，映出新房下一巴兄弟姐妹们忙碌的身影，他们的孩子在追逐嬉闹。丰衣足食后，爷爷奶奶整张粉皮子的故事会有人讲给他们听吗？

粉皮子 地瓜粉用水搅拌成稀糊后舀入平板盘内，轻摇均匀后旺火蒸一分钟左右出锅。揭出粉皮晾晒至半干后切成三角形、菱形或长条形，再摊开晒干即是粉皮子。粉皮子泡水变软后可以炒制也可以泡汤，探亲访友时常携带作为礼品。

乡愁，是条游动的鱼

2014年暮春，雨如牛毛细细密密地下着，阿国表哥、振梅表姐在外公墓前敬完香，拒绝了众人的搀扶，笔直跪在湿漉漉的地上。阿国从怀里掏出一个锦袋，小心翼翼倒出几缕灰白的头发高举过头："爷爷奶奶，我送爸爸回来跟你们团聚！你们放心，爸爸不在了，我们也一定会回来扫墓的！"振梅轻声问："爷爷奶奶，你们一定见到爸爸了吧？爸爸他好吗？"我别过脸，泪水滑落在春雨中。

忆起1988年的中秋，妈妈把我叫到跟前："慧啊，今天你舅舅从台湾回大陆探亲。""台湾，舅舅？"对于这个突然冒出来的舅舅我显然反应不过来。妈妈红了眼圈，哽咽着和我解释在那战争时期年少的舅舅去了台湾，从此失去音信，家中只字不敢提及，直到两岸恢复民间往来。那天晚上，我怯生生地盯着这个头发苍白的老人半天，才开口叫"舅舅"。舅舅的大手在我脑袋上摸了又摸，眼泪擦了又擦，年纪虽小的我亦感受到亲人重逢的千般滋味。第二天，全家陪同舅舅回上杭南阳老家给外公扫墓。临近外公坟前，舅舅突然双手颤抖步履趔趄，姨姨和妈妈赶紧上前左右搀扶，他却使劲推开伸来的手，急跑几步"咚"一声跪在墓碑前猛磕头，放声号啕大哭："爸爸爸爸啊，儿子回来了啊！你起来看我一眼啊，爸爸我想死你了啊！"围在坟地四周的亲人们无不痛哭失声。离开时意气风发少年郎，归来时须发皆白六旬翁，谁能知道舅舅当年一别就是四十多年，再见已是天人永隔。外公外婆临终前闭不上眼的遗憾与牵挂，用什么弥补？没人上前劝阻舅舅，"子欲养而亲不待"的苦楚在哭声中撕心裂肺地宣泄。这一幕从此成了家人们心口上的痛，每次触及都是唏嘘四起。上了年岁的舅舅坚持两年回一次大陆，除了舅妈陪同以外，表哥表姐们也分别归乡祭祖。

2012年，舅舅带着阿国表哥返乡，临别宴请大家，阿国起身举起酒杯："我在台湾活了四十多年，没有什么亲戚可来往，这次终于回家给爷爷奶奶扫墓，看到了自己也有叔叔姑姑，还有这么多的弟弟妹妹。我的根在这里，家在这里，亲人在这里……"话未说完一米九多的汉子红了眼圈。年近九十的舅舅在舅妈的搀扶下也站起来："我年岁这么大了，估计这是最后一次回家乡见大家。阿国从部队退役这次也回了大陆，我所有的子女都回过家了，心愿已经了却！以后你们要来台湾看我。"席间众人皆泪下，谁知舅舅一语成谶，我们再无相见之日。2013年中秋日，舅舅平静地离开了这个世界，拨通那个熟悉的号码，舅妈告诉我们，舅舅走得很平静，后事也一一交代清楚："把骨灰分成两份，一半留在台湾陪伴老婆孩子；另一半撒到大海里，我要像当年离开那样沿着大海回大陆！"放下电话，妈妈痛哭失声，我站在旁边泪如雨下，泪滴打在手背上烫得心口如同撕裂般绞痛，无法呼吸：至亲诀别不能立于床头照顾，是怎样的痛楚与遗憾？

祭祖归来晚餐，同一家酒楼同一间包厢同样的亲人，菜肴非常丰盛，席间却因少了最熟悉的人不复欢笑。舅舅坐习惯的位置空着，每道菜仿佛都能听到他笑着招呼大家动手夹菜："在台湾鸡头可是不能上桌的，鸡头对着谁谁就被老板炒鱿鱼了，不像家乡鸡头要对着长者表示尊重！""这菜我喜欢自己种，摘芽尖炒最香！"……"你好，这是光鱼豆腐汤，请慢用！"熬煮得雪白的鱼汤端上桌，阿国起身把空位上的碗打满鱼汤："爸爸，你最爱吃的鱼！"一米九二的汉子红了眼，泪水滴在汤中溅出涟漪圈圈。

阿国在部队任高职，直至数年前退役才随着舅舅第一次回大陆，临别前夜的晚餐我陪着舅舅去点菜，舅舅指着菜单上的光鱼再三叮嘱："光鱼要最大的，鱼鳞千万不能打掉哦，汤熬久些煮成牛奶白。你阿国哥哥没吃过这鱼，小时候老说我骗他，鱼鳞哪里可以吃！"我搀着舅舅笑嘻嘻地重复着他的话："嗯嗯，鱼要大汤要白鳞不能除！"晚饭，豆腐光鱼汤上桌，舅舅指着雪白似乳的鱼汤："阿国，就是这种鱼，你小时候怎么也不相信家乡有可以吃鳞的鱼，尝尝，尝尝！"四十岁的高大男子露出孩童般的好奇，带着鱼汤入口浓滑鲜香的瞬间满足，阿国夹起带着鳞的鱼肉，在大家鼓励的眼神里小心翼翼地咬下："爸爸，真的很爽脆，好吃！""大家都知道我最喜欢吃这鱼，以前大伯叔公们钓到了光鱼，专程送到家里跟你奶奶换米。不然我就自己下河摸泥鳅，攒大半篓的泥鳅才能换一条光鱼，就为吃这鱼鳞和鱼汤！阿国啊我快九十岁了，你是姐弟中最后回大陆的，我心愿已了没有遗憾了！就是当年一别，再也没吃着你奶奶煮的豆腐光鱼了……"言犹在耳，今君何在？

　　阿国起身跟大家致了声抱歉离席，我悄悄跟了出去。走廊的尽头高大的背影静静地伫立着，突明突暗的烟头倾吐出的白雾迷糊了他的脸，我想说些安慰的话却一个字也说不出来，便也靠着窗沿沉默。"慧，爸爸才离开我们几个月，我都想他想得不行！你说，他想爷爷奶奶想了一辈子也没能见到，心里得苦成什么样？"我低下头泪流成河，不敢接话。"爸爸有时候在海边发呆，叫七八声也不应，絮絮叨叨地说自己要是条鱼就好了，想回家就能游回去。爸爸弥留的时候交代我们要把骨灰分成两份，一半留在台湾陪伴老婆孩子；另一半撒到大海里，他要像当年离开那样沿着大海回大陆！可是妈妈怎么也舍不得，我们只能把他的头发送回来陪爷爷奶奶。"我推开窗，晚春的风吹散了浓浓的烟味，为什么我总觉得舅舅会一直这么健康快乐地回家乡，为什么没有趁舅舅健在时去台湾看看他？这样的错觉现在变成了终身的遗憾，无法弥补！"慧，带着鹿子来花莲看爸爸吧，他会非常开心的！""来，一定来！"

　　我以为生在福建长汀，也长在这个县城直至工作成家，"乡愁"是与我无缘的情感。从来不知，在海的另一头会有沉重得让我背负不起的记挂和思念，浓得如那碗乳汁般雪白的鱼汤化不开。"泱泱华夏，行走千年总称客；煌煌环宇，旅居异邦是为家"，埋着骨血至亲的地方也埋下了乡愁！

　　鱼儿游在海这头，想吃鱼的孩子在海那头，皈依乡土乡情的虔诚，听白发母亲倚在门边的声声呼唤："回家啦，吃鱼！"

光鱼

又名箭筒，学名光倒刺鱼巴，以藻类、昆虫幼虫为食，喜欢成群栖息于水流中底层乱石间，广泛分布于福建、广东、广西等水域。光鱼可清蒸可炖汤，烹煮时不需要去鳞，鳞片爽嫩可口，鱼肉富含多种氨基酸，肉质爽、脆，口感鲜甜无泥腥味。

烧肝花

SHAO GAN HUA

宋末中原大乱，有乡绅举家携儿带女领族人南迁，择河谷逐水草，天远路长千里迁徙，越过武夷山脉入闽。闽之西丘陵山地似游龙伏地，林海松涛涌动，奇峰兀立流泉飞瀑谓之"汀州"，俨然一处世外桃源。又见人烟稀少民风淳朴，乡绅大喜领族人安家落户，开荒拓野垦殖，十数年便呈兴旺发达之景。

中原汉民崇尚慎终追远、寻根谒祖，乡绅领族人于乱世间寻得避风港，休养生息得安宁，甚为感念祖宗护佑，建宗祠修族谱之意日盛，四处遍访风水先生，欲觅得宝地以盖祠堂供香火。有耄耋老人指引得隐居高人之踪，乡绅备厚礼苦求无果，长跪草庐前，哭诉族人思忆家乡、尊祖念根之情，风水先生感其孝悌遂出山相助。乡绅与风水先生起早摸黑沿汀江上游苦寻半月余，仍未有龙穴凤居，只能失望而返。乡绅嘱妻儿再备干粮待休整两日后出发，妻怜其夫辛苦，彻夜不眠费心备下各色饭菜。天将亮，厨房余猪肝、肥瘦肉若干，妻将猪肝、肥肉、瘦肉切条加五香调料、白酒、酱油腌制后，以网状肥肉匀称包裹入油锅炸至表皮微黄捞起，斜刀切块再炸至肉芯熟透，猪肝黑瘦肉红肥肉白表皮澄黄。鸡鸣催起，乡绅与风水先生整装待发，妻捧干粮送行。先生闻得肉香问："何菜？"妻脱口答："烧肝花。"

当日攀爬摩崖山壁，忽然风水先生腰间干粮掉落，烧肝花撒落一地。乡绅急忙捡拾，风水先生极目望去，只见此地形似雄狮盘踞，烧肝花撒落之处紫气缭绕，"肝花，肝花，官花！"先生顿悟大喜，朝乡绅作揖道："不负东家多日来盛情款待，恭喜东家终得宝地。只是泄天机必遭遣，东家须许侍奉终老之礼，我必助东家穴不虚立，荫及子孙万代。"（客家方言"肝"发音同"官"）乡绅自是承诺不已，于烧肝花撒落处立柱修建祠堂供奉先祖。

祠堂完工风水先生一夜失明，乡绅厚礼相待三餐酒肉伺候。当年烧肝花撒落处竟渐渐生出石笋数根，族人后裔繁衍昌盛陆续外迁，仕途者封官拜相、从商者财源滚滚。转瞬三十余年过去，乡绅作古多载留下遗训：以孝敬父亲之礼奉养风水先生。虽族中富贵丰盈出入高头大马，但男子大多外出只余妇孺，时日长久便对家中无血脉关系的瞎眼先生有了嫌恶，欺先生年老眼瞎，以喂马之粥糊弄。族中旁支有一小孩心善，不忍先生受虐悄声提醒。瞎眼先生放下粥碗对小孩道："尔今晚背我出门，按所指的方向而行不必回来了！"

打发小孩离开，瞎眼先生摸行到祠堂门口问闲聊的女人们："可是思念夫君，要他们归乡？"女人们点头答是。"你们看到祠堂中间长的石笋了吗？尔等可用烈火烤后冷水猛泼，石笋断时便是夫君归期"。女人们大喜，蜂拥而上烧石笋。入夜，小孩如约背上先生离开，不知所踪。数日后石笋断裂，被女人们弃之荒野，在外的男人或被告贬官或生意亏本，纷纷落魄归乡。族人得知缘由后悔不当初，女人们重做"烧肝花"让男人四处寻瞎眼先生与小孩无果，乡绅一族自此没落，再无科考及第、经商发家之人。十年后，邻县有新贵高中举人，仿佛当年小孩模样，家中奉养瞎眼老者至百年归山，以父亲之仪风光厚葬，供品中赫然有"烧肝花"。

乡绅、风水先生、旁支小孩皆已经驾鹤西去几百年，故事一代代口口相传下来。烧肝花色泽金黄富丽，表皮酥脆肉馅软香，肥瘦肉和猪肝口感各异，是下酒菜中的佳品，成为长汀百姓喜宴中必有的菜肴。"肝花"与"官花"同音，一求子孙发达康泰，二诫子孙不可忘本。宗祠中长有石笋的景观在闽南沿海尚有迹可寻，这是何地理现象尚待专家释疑。笔者亦好奇，是否当年的小孩背着瞎眼先生落脚于碧海青天，再撒过烧肝花重新立祠？

知否知否，肝花香酥依旧，个中故事滋味千般，各有各的领悟吧！

烧肝花　长汀传统菜肴，味道香脆。网状猪油肥肉加蛋清面粉，将腌制好的猪肉、猪肝包裹严实成柱状后入油锅炸制，待外皮炸酥后起锅斜刀切片，再炸熟即可。烧肝花色泽金黄，外酥内软，食而不腻，奉为下酒妙品，故传承至今。

炸年糕

ZHA NIAN GAO

　　上下班的路突然就堵塞了，安静的山城开始热闹沸腾，各种喇叭鸣笛不绝于耳，雨后春笋似的年货摊红红火火地就布满全城，对联、中国结、灯笼……这块红土地真正红了起来。放眼看去车队如长龙一般，长途车站像个巨大的吞吐器，络绎不绝的旅客大包小包地不停进出。电话也就跟着繁忙起来，亲戚朋友同学纷拥到面前，空前的热闹提醒着你又要过年了！所有的交通方式被利用到极点，漂泊的不安在年前凝结成巨大动力，再难再远拦不住归家的脚步。思乡的情绪被放大到满溢，刻画出同样的表情：回家，过年！

　　进入腊月二十五年关，平常见不到的年点开始在各家纷纷登场，酿的炸的蒸的煎的，客家女子精巧的厨艺在这几日得到淋漓尽致的发挥，流水的客流水的宴席，汀城无论城乡都会在腊月二十五前后择一日，全家总动员"炸年糕"。

　　早起把头天磨好的糯米面团揉碎，加入土法熬制的红糖拌匀，男人们负责搬重物，女人们掌勺把油锅，老人孩子们帮忙把和了红糖的面团搓成两指宽巴掌长的"年糕"。搓好的年糕在油锅里翻滚从软黏慢慢变得金黄酥脆，炸好的年糕要用陶罐贮存好，少则二三十斤多则四五十斤。炸好的年糕蓬松酥脆，待到冷却会收缩成硬邦邦的米条，头天满满的一罐翌日软塌成只有半罐。吃时需要蒸上十来分钟，用筷子轻轻夹起，两端柔软下垂，老少皆宜软绵甜糯。民间有"筷子般长，芝麻般香，软过棉絮，甜过蜜糖。油光嫩滑，入口消融，筷子一响，食到精光"的顺口溜。曾有傻汉因怀疑媳妇半夜偷吃年糕，闹得全村鸡飞狗跳，成为炸年糕时常常被提起的经典笑话。或者婆婆调侃媳妇："数好了几根，别明天让你老公追着到处跑，说你偷吃！"或者媳妇笑话丈夫："晚上抱着年糕罐子睡吧，免得被我偷去吃！"嬉笑打闹着，繁重的家务添了许多乐趣和温馨。

"炸年糕"既是集中准备年货的日子，也是一个家庭正式进入年假的宣告，出嫁的闺女们要回娘家帮忙，合家团圆热热闹闹地在灶头边忙碌一整天。以"炸年糕"为主，各家各户还会依据喜好另外炸豆腐、花生、黄豆、灯盏糕、芋头丝，炸完后分头给邻居亲友送去，饭桌上会摆满颜色款式各异的盘碟，堆着不同门户里炸出来的各色年点，大家欢欢喜喜地共同迎接新春的到来。

从正月初一开始，客家的女人们早起扎进厨房便要忙到夜里，主客尽欢而散。或慰劳丈夫一年的辛苦，或补偿儿女一年的奔波，或联络亲友一年的情谊。学校作业被孩童们抛在脑后，敞开肚皮大吃大喝，守岁那晚还能破例熬夜，在震天的鞭炮烟火中与长辈迎来新一年，手上抓着油漉漉的"炸年糕"涎着脸眼巴巴地盯着大人们的口袋，心里盘算着能拿多少压岁钱。第二天身着新衣围在烟花摊边，便有了腰包鼓鼓的豪壮，平时不敢提出的要求和想法在过年的日子里变得理直气壮。留守的孩子们在这短短的团聚里，尽情地沉溺在父母的怜惜中，然后再用长长的期盼守候下个春节的到来。老人们说不出什么思念的话语，只是用高高堆在盘中的"炸年糕"，还有晾晒在阳台的一串串的腊肉香肠、炸得金黄松软的红烧肉、一群群满山跑的鸡鸭迎接归来的儿孙，年复一年乐此不疲。只要孩子们赞

一声:"还是家里的饭菜好吃",起早贪黑的辛苦、冻裂的双手便值得了。

鞭炮远远响起,四下热烈响应,热热闹闹地"年"开始了,看春晚、走古事、抬菩萨、游大龙……纵情欢乐直到元宵。无法去解释我们这种"年"的情结,四季长长的辛劳留存到过年被彻底释放,迎来又送往、花钱似流水,鞭炮连天响,醉意无须醒。待陶罐里的"炸年糕"慢慢见底,年就算过完了,该告别白发弯腰的父母,擦去孩子不舍的眼泪,再次踏上拥挤着无数人的遥远征程。

又是一年春来早!

炸年糕 俗称炰饧，长汀客家过年必备的年货。将糯米、粳米、大米混合浸透后磨成米浆，榨干捻成细粉。加入红糖，有部分乡镇会添加少量蒸熟的红心地瓜或者金钱饼末。拌好的米浆搓成大拇指精细的小条，文火炸熟即可食用。刚炸好时外焦里嫩，香酥松脆，蒸后软滑甜嫩，两种吃法两种风味。

白玉豆腐饺

BAIYU DOUFU JIAO

　　甲午夏初，突馋豆腐饺，买菜剁肉，包于上上塔边之陋室，凡事俱也。此时有菜刀执手，屏息静气片乳脂薄如纸，菜碧肉鲜汲幽泉分洗之。又有小儿旁立融液流津，唤其效技。虽无丝竹管弦之盛，一母一子，亦足以畅叙天伦。是日也，和风惠畅天气晴好，纱上凝脂滑盆中肉菜香。游目骋怀，舌可乐也。

　　素手庖厨，水新釜洁，白玉翼翼裁，素纱轻轻掩，雪乳琼脂间露叶糜香，无言眯眼赏之；趣舍万殊，当其品得所遇，暂得于己，快然自足。锅漾清气，刃割方正，豆腐形整不烂，内馅酥糜可口。色如美人肌肤，质若丝绢风华。煎、炖、煮、熘，技法独到；香、嫩、鲜、烫，味之极致！拭盘堆边展，珍味易牙调，不能喻之于怀，自得为美羹。

　　嗟乎，汀州古城汉唐遗风客家首府，文脉盛精膳食，雅士食家趋之若鹜。豆腐，司马相传四海常享；饺，腹之珍飨五洲同嗜，唯我汀州豆腐为皮素纱包裹，一道客家菜技法奇绝净美甘分，尝尽汉源唐韵。万里迁徙耕读传家，汀水流畅生生不息，郁郁古城百代弥新，饮食载道名肴传世，豆腐为饺天下闻名，荣光无限多少风月。

　　可高堂大宴可百姓三餐，朵颐大块。汀山汀水风雅城，弄琴吟诗精华馐，好一味白玉豆腐饺！

豆腐饺 豆腐小心片成薄片再对角切成三角形，切好后将豆腐薄片放在干净纱布上，在三角底边轻轻划开口，塞入瘦肉、香菇、笋、葱等拌好的馅料，合拢纱布，捏紧豆腐合口。以香菇、笋片为底料，加入鸡汤，水开后蒸熟撒上葱花即可。豆腐饺皮白细嫩，汤鲜肉香，客家菜的代表菜之一。

祖父与干蒸肉

ZUFU YU GANZHENGROU

　　一家人围着硕大的圆桌正在吃午餐，祖孙三代十来口，桌上的菜肴非常简单：青菜、豆芽、腌菜和小半块豆腐乳。人虽多却安静，"食不言寝不语"的习惯长久养成。一阵肉香飘出，三个瘦小的孩子瞬间两眼发亮，脑袋跟着香味转动，盯着祖母手中端着的小碟放在同样瘦弱的祖父跟前。猛吞几下口水，孩子们又继续扒碗里的青菜白饭，时不时偷瞄几眼祖父面前的干蒸肉。于心不忍的祖父每次想夹一两块分给孩子们，就会被全家共同制止，尽管盯着筷子上闪着油光的肉，孩子们还是懂事地把碗移走，不去接。哪怕所有人做梦都想吃，那一小碟干蒸肉依然会在祖父的声声叹气和大家的坚持下，由祖父分几次吃完。

　　这是我对祖父的记忆：久病的身体、一丝不乱的头发、整洁笔挺的衣裤还有那小碟绕梁不绝、香飘四溢的干蒸肉。祖父是民国时期的大学生，典型的旧知识分子，平时慈爱对礼仪却颇为严格。无论幼时的物质条件如何匮乏，吃饭也要求我们细嚼慢咽，谁狼吞虎咽发出响动或者乱扔垃圾，祖父就会皱起眉看着，直到他改正为止。

　　曾经不知什么缘故，在餐桌上和弟弟起了矛盾，我端着碗愤怒地盯着弟弟正生气，桌上传来轻轻的敲击声，抬头看到祖父已经放下碗筷站在我身边。看着祖父，委屈的眼泪瞬间涌出来，祖父轻叹一声接过碗拿开，把我从桌边牵走。他掏出手绢擦去我的泪水："慧，别哭！女孩子不能这样盯着男人看的，不文雅！弟弟小又调皮，有什么事他不对告诉爷爷，爷爷会批评他，好不好？吃饭的时候不能生气，对身体不好，而且大家都会不开心，记下了吗？"我依偎着祖父瘦弱的身体直点头，祖父揽住我同样瘦弱的身子用他干瘦却宽大的手轻轻拍着，看我停止抽泣满意地带着我去打水，细细地帮我洗脸洗手，收拾干净才一起回到餐桌继续吃饭。心疼地看着已经平静的我，祖父不顾祖母反对的目光，执着地夹了两块干蒸肉到我碗里，我端着碗不知所措，两个弟弟瞬间像小狼般投来羡慕的目光，看着祖父柔和的微笑我却怎么都吃不下口，略略思索后两块肉一人一块分到了弟弟们的碗中。

不记得弟弟后来有没有被祖父批评，也忘记了弟弟有没有和我道歉，只记得沾上干蒸肉的酱油和油花的饭好香，还有祖父轻轻地拍着我的背说女孩子要文雅、举止要礼貌。祖父此生波折多舛，幼年家庭富裕接受过良好的教育，战争在一夜之间夺去了他的父母和所有财产。凭借扎实的知识基础和破釜沉舟的拼命努力，读高一的祖父跟着高三的学长们步行到漳州（当时福州已经沦陷）参加高考，顺利被大学录取。曾经锦衣玉食到赤贫孤儿，祖父失去了很多很多，可无论经历了什么，与生俱来的儒雅、傲骨和清正从未改变过。

祖父母从教一生，学生或学生家长随处可遇，祖父身体孱弱，特别是肠胃长年疼痛，家中想方设法为他改善饮食。无奈在买什么都要票的年代，豆腐肉蛋凭票也要大清早排长队甚至走关系才能买到。祖母每次赶早去排队，街坊四邻们都围上来问候，然后纷纷闪身让路，把年迈的祖母从长长的队伍后面让到前面。持刀的卖肉师傅看见祖母，立刻会严肃恭敬地问好，手起刀落放到祖母篮子里的肉往往是部位比较好的，有时候都不过称直接用稻草捆好塞给祖母，分量必定是足足的，只多不少。看祖母早早买到肉回家，祖父总要询问几句然后叮嘱："千万别走后门啊，大家排队都不容易，谁家没老没小！"祖母低声答着，系上围裙把不到巴掌大的五花肉切块，细心拌上地瓜粉、盐、酱油入锅干蒸。费了多少心力保证这一个月一小碟的干蒸肉恐怕只有祖母自己明白，断然

不会告诉祖父。如果正巧买到汤圆大小的芋子，那几乎是全家人的节日，把芋子过油炸好，垫在五花肉下面蒸，肉归祖父，而渗透油脂糯香的小芋子会点着个数分到大家碗里。自然，父母名下的那份会悄悄跑到孩子的碗里，看着孩子们难得闪油光的嘴巴，祖父往往会放下筷子叮嘱："慢点慢点，坐要坐相吃要吃相！"脸上是难得的笑容，笑着笑着又叹起气来。

祖父离世已经二十多载，他的学生也已经是古稀老人，遇上必拉着我问候祖母是否安好，感慨："董老师就是块四方砖，正直良善了一辈子，可惜没享到福就去了！"我便又仿佛看到祖父打着补丁洗得雪白的衬衣，用盛着开水的搪瓷盆把裤子烫得笔直，永远温文尔雅的举止还有一本本小楷写就、泛黄的教案。儿时依在祖父怀里识字看书，得到允许能翻看他的书橱比夏天得了冰棍还欢乐，小小的个子抱着大块头的书，啃着似懂非懂的繁体字，回答祖父的各种问题，书是坚决不能折页破损的。

如今想吃干蒸肉非常容易。只需市场转转，挑三层肥瘦相间的五花肉买些，切成厚薄适中的肉片用油盐腌制片刻，加地瓜粉、酱油拌匀。水开后蒸十分钟，待地瓜粉粘牢在肉片上细细翻动，垫上炸过的小芋子或马铃薯再蒸二十分钟，香气就从锅里钻出来到处飘飞。孩子颇为偏爱这道简单的菜肴，我不知何故总是吃得不多，或许如此大快朵颐会心生莫名的痛。抬头看到孩子端着碗埋头吃得专心致志，满嘴油光还沾着雪白的饭粒。帮他轻轻擦去，笑道："慢点慢点，吃要有吃相！"说着说着自己就愣住了，脱口而出的话可是当年祖父的叮嘱？原来祖父留给我的除了这身骨血还有很多，岁月越长风雨越多领悟越深，若干年后我的孩子是否会说一样的话，用同样的姿态。

好像那小碟香在梦萦魂牵里，却没吃着的干蒸肉……

干蒸肉 五花肉肉切片用地瓜粉上芡,加少量油、酱油、盐拌匀,水开蒸五分钟后,把芋头或者白萝卜、炸豆腐等配料炒后垫底,再入锅蒸熟即可。也可以用大肠、排骨等肉为原料干蒸。肉嫩汁香,味美适口,老少皆宜。

粉干乡味

FENGAN XIANGWEI

卧龙山下老古井边,年轻小伙子满脸愁容地打着水,和邻居念叨:"我家老爷子都好几天没胃口吃东西了,饭菜换来换去都不见他怎么动筷子,急死我了!"邻居利索地从井里把吊桶拎出来,满脸无奈地摇头。老古井旁来来去去挑水的乡亲们互相打着招呼,七嘴八舌地替发愁的小伙子出主意。

"老严头,你又来换粉干了?"蓝衣婆婆喊着:"我还有点谷子,换两斤给我吧!"老严头答应着,放下了肩上的一挑粉干擦汗,听着大家的议论,然后从箩里取出把粉干递给小伙子:"用这个粉干煮咸菜,又素净又开胃,你试试?"小伙子半信半疑,挑着水买了粉干回家。晚餐,病中的老人面前多了碗山泉水煮的咸菜粉干,黑白相配酸甘可口、清爽润滑。老人果然风卷残云般吃完,赞不绝口,全家人终于松了口气。

无从考证这个故事的真实性,没有即兴的赋诗也没有史书记载,仅有乡间上了年纪爱讲古的老人在吃这道菜或闲坐村头纳凉时说起,然后言之凿凿地确定是谁谁谁家做的粉干。它的韵味在汀城鹅卵石小巷的吆喝声中传扬:"告(换)粉干,告(换)粉干!"

长汀是盛产粉干的地方。儿时,制作粉干的作坊大多是普通农户的家传手艺,靠天吃饭,如果接连晴朗产量就多,阴冷梅雨就只能望天兴叹了。晒好的粉干用竹箩挑着走街串巷叫卖,可以直接买也可以用谷子或大米等实物交换,所以吆喝的是"告(换)粉干"而不是"卖粉干"。一把把洁白的粉干安静地躺在竹箩里待价而沽,交换双方通常都是熟识的人家,并不着急买卖而是家长里短、儿女收成聊上几句,再笑着讲价和道别。主人家总要盛情挽留:"粉干切面(面条)随随便便,吃了饭再走!""不用啦,你有空带细人哩(孩子)上我

家撩（玩）!"余音拉得很长，人走远了，情谊还没舍得飘落。

原始的手工粉干制作，工序复杂精细，需要较长的时间和较多的人手参与。上好的大米倒入石磨一人推一人扫，磨成飞雪般的干粉用泉水和成糊，揉成铅球大小的米面馒头；也有作坊直接加水磨米，把米浆装入布袋用磨石榨干水分，再捏成馒头状。米粉作坊里的锅头硕大无比，容纳一两个成人绰绰有余。白白胖胖的米面馒头用竹帘整齐地摆放在大锅里的，水烧开蒸熟。熟了的馒头叫作"粉粞"，米香浓郁越嚼越回甜，出锅后主人会和帮工们围坐在灶边，玩笑着不顾烫手分吃粉粞，一是慰劳辛苦帮忙的邻里乡亲，二是吃饱了才有力气把粉粞榨成粉干。

简陋的作坊里大灶边摆着木制的榨床，有些客家人的碓的样子又好似单边的跷跷板。榨床的原料是完整巨大的木头，高高翘起可上下活动的是榨杆，下面连着凿好圆洞的横桩，圆洞里有铁打的底座，密密麻麻布着小孔，小孔底下正对着土灶上的铁锅。这就是压榨粉干的整套器具，原生态的制作工具，岁月久远了木头被无数个起落摩擦得黑亮光滑，几乎能与镜面相比，记载了一代代手艺人的汗水和喜怒哀乐。趁热把粉粞放入圆洞中，力气最大的两三个壮汉用力开榨，伴随着粗犷的号子，粉粞在重压下透过小孔挤出细长的米粉，徐徐滑入锅内。将米粉捞出在清水里简单淘洗，折叠成统一大小就可以摆上竹笪晾晒。秋高气爽的季节，沿着汀江溯源而上，两岸可遇见晾晒粉干的壮观场景。洁白的粉干整齐地码放在金黄的竹笪上，横成排纵成列，颇有几分待阅部队的气势。

粉干乡味 食旅 汀州 SHI HUA TING ZHOU

081

明媚的阳光透过粉干又被竹笪的缝隙挤捏成细小的光斑，撒落在碧绿的原野里。近处是金黄待收的稻浪，远处是青黛的群山，炊烟袅袅升起，牛儿踱在农人的歌里，时不时有闯出来的狗大叫几声。

等粉干晒到脆酥，便可收入谷仓里存放，墟天担到集市换回收获的喜悦。古往今来粉干在闽西经济往来中充当着重要的角色，长汀有古话：在外有三篓、在内有三缸，即纸篓、香菇篓、粉干篓和酒缸、酱缸、染布缸。粉干的煮法很多，"三分粉干七分料"，可煮汤可爆炒可凉拌，清淡可以，浓稠可以，完全根据口味自由搭配。在客家人心中粉干与面条并重，若是家中临时来了亲友，来不及杀鸡宰鸭，割上两斤猪肉自家田里摘些青菜，煮一锅既是主食又是菜，主客皆欢。比较经典的做法有芋子粉干、酸菜粉干、牛肉粉干、小鱼粉干和红菇粉干，只是如今市场上的粉干大多是机器制作，大米进去粉干直接出来，连晾晒都不必，围坐灶边吃粉粞的香甜、压榨时的号子和榨床的"吱呀"声逝去在社会变幻里。

有老人粉干一入口就满脸嫌弃："又是机器做的，不劲道，软塌塌嚼头都没有！"问他为什么如此敏感，识别只在瞬间。老人答："以前的东西好吃，是费了心力和感情做的，东家有东家的味西家有西家的味，吃在嘴里就知道谁家作坊出来的。"在一档热播的美食节目中，主持人嘲笑韩国菜式简单："实在找不出什么词语形容了，只好每个菜都说充满诚意的味道。"真害怕随着手工艺人和乡间作坊的逐渐

消失，有天面对琳琅满目的佳肴，却唯独缺失了"诚意"的尴尬。

"此吾幼时之所游，之所憩处"，儿时的游戏之所、生活的痕迹、熟悉的味道如无可怀之处，便如同树木被拔了根。被剥离了记忆的乡情，精神就空落落无所依托了，牟宗三说："我已无乡可怀。"情怀与味道相感通，如今手工作坊又如雨后小芽慢慢出现，皎白细长的粉干晾晒在汀江两岸"十里画廊"里，如细密的根扎入乡土，一筷子挑起，心就充盈了！

粉干乡味 食话汀州 SHI HUA TING ZHOU

汀州粉干　以优质米为原料，浸泡后磨成米浆榨干，将干粉搓成粉团放入沸水里煮至起白色捞起，用碓臼翻碓至表面光泽不粘手。粉团压榨成细条落入开水中，三几分钟后捞起用冷水漂洗，漂洗过的粉丝叠成小薄片晒干。汀州粉干可煮、可炒可拌，细嫩洁白，滑溜爽口，远销海内外。

远方山谷有梦

"老姐，我要回汀当农民！"成海初到上海创业时和我如此念叨，结婚后生了对双胞胎儿子后也这么念叨。这几年他在上海的事业如日中天，在我面前依旧这么念叨，我总是笑笑，向往自然田园的情怀与梦想无数朋友都有，可是真正做到放下繁华重归农耕能有几人？反正我是做不到的，要工作、孩子要上学，假期周边乡村走走就算一慰情怀了。

去年春，接到成海的电话："老姐，我回长汀租了四百亩的田地，哈哈哈哈！"拿着手机愣半天，没敢相信这小子真的要做农民去。转眼已经大半年，据说他的田地已经打理得有模有样，开始有了收成。大清早被成海的电话从被窝里吵起，睡眼蒙眬地跟着新生代"地主"和小谢去巡视田地，还神神秘秘地说肯定有惊喜。

路慢慢偏离了水泥道，颠簸在沙石间，把我慢慢摇得清醒过来："你这是租的什么深山老林的土地哦，还得走简易道路？""不是深山老林我还看不上呢！"发觉自己有些跟不上这位老弟的思维，干脆静看车外绿树如荫、山泉潺潺，时不时有惊起的鸟鹊掠过车前，隐隐能看到林间溪边挂着"水源地保护区"的牌子。在心里揣摩着，大抵是天井山方

向，气温慢慢低下来。

一下车，立刻被鸡群团团围住无从迈步，成海和小谢大声地吆喝着为我开路，我小心翼翼地跟在后面，既是躲开满地的鸡粪，更是对这些完全放养在大山深处的鸡群有几分忌惮：小谢说它们饿极时居然把偷蛋的蛇捉住吃了。系着蓝色围裙的阿婆站在屋前，满脸笑容地等着我们进屋，"老姐，这是房东阿婆，我们请的工人就住她家房子，今天让阿婆给我们做好吃的！""什么吃的？""蛋菌，我打听不少人，才知道阿婆会做这菜呢！""市场里不是有卖嘛？"

成海皱起眉头盯着我，仿佛我说了什么谬论："那能吃吗？好吃吗？是那个味吗？！"被追问得无话回答，干脆撂下他转身和阿婆去取鸡蛋。跟着阿婆把手伸到谷壳里，掏出埋在里面的鸡蛋，尖尖的谷壳扎得手背酥痒，鸡蛋一个个掏出来。总以为掏完了，可是手在蓬松的谷壳里转两圈，又能捞到，每抓到一个都有小小的喜悦，盆里的鸡蛋堆起尖来，阿婆直说"够了够了"，否则我真想这样不亦乐乎地掏下去。

敲开鸡蛋滑进盆里，金橙色的蛋黄被浓稠的蛋白包裹着，圆鼓鼓的，立着不塌，成海伸手就抓起一个蛋黄抖了抖："你看你看能抓得起来，这才是能吃的蛋！"我无语地看着他，他终于反应过来："我洗过手了的，这个我自己吃……"阿婆动作利索，二十几个鸡蛋很快被打成蛋液，泛着均匀细腻洁白的小泡泡。小谢端着洗干净的猪小肠进来送给阿婆和我检查："早上问到隔壁村子里杀土猪，特意让人守着要了这么点小肠和猪肉。成海早早把大姐叫起来，就是要赶新鲜劲才好吃。"我笑了笑，挽起袖子和小谢一起给小肠打结，假装没有看到成海满脸的得意扬扬。阿婆拿起竹揸（竹制的刷锅工具）把大锅刷得哗哗作响，灶火燃起来"噼啪"作响，空气里添了草木的清香和暖意。水入锅，阿婆慢慢地把蛋液灌入小肠，时不时地晃动肠子把空气摇出来，手上忙着嘴里叮嘱我们："蛋一定要打透，做出来的蛋菌才嫩才滑，颜色也好看。不然有黄有白，会起硬块"。

火慢慢旺了，阿婆把灌好的小肠两头扎紧一条条游下锅，不停地翻动：

"水要正好烫手,千万不能开。开了肠子会破,就变成煮蛋汤了。"我帮着添柴火,小谢收拾起盆子去清洗,成海两眼放光,目不转睛地盯着锅,仿佛锅里的吃食会长腿跑了的模样。我问他:"你怎么真的回来租地种田了呀?"

"梦想,从小的梦想!""回归自然田园,男耕女织?""不是不是,以前跟父亲在乡下看着绿油油的菜地,就忍不住流口水。后来到上海工作,很久都看不到什么绿地就更是想得慌!"我抬头看他:"不是说梦想吗?男孩子小时候的梦想不是当科学家就是当解放军,你不会小时候就梦想种地吧?!"

他总算把目光从锅里移开:"我小时候的梦想就是把菜、鸡鸭种养到外太空,养得巨大杀一只够吃半年!"正在把小肠捞出锅的阿婆没忍住咕咕地笑出声来,我真想掩面而去假装不认识这个家伙!成海不顾烫,凑到橙黄的小肠前深吸几口气:"就是这个味道,太香了!"拿起菜刀就要切,阿婆急忙拦住他:"不能这样切,第一刀只能切一半第二刀切断,煮了才会开出菌花来。"我接过菜刀把他赶出厨房,按阿婆的方法把小肠两刀一块切好。肉汤煮开散着清浅的香甜,切好的蛋菌放入汤中,慢慢开出橙黄的菌花在汤里上下起伏,一朵两朵三朵,圆圆嫩嫩像极了雨后森林里冒出的朵朵小菇。

"放盐放盐,其他什么都别放!"成海端着碗又乐颠颠地凑过来。看着一贯斯文的他满眼都是蛋菌的模样,清冽的肉汤里朵朵蛋菌盛开在成海的眼睛,就再也拔不出来了。我甚至怀疑他会不会馋得把口水掉到锅里,慢慢地也就相信他所说的儿时梦想是真实的。午餐非常简单:蛋菌、白斩鸡、青菜、米饭,盘盘清空主宾皆欢,用成海的话形容:"吃到后脑勺都是甜的!"虽然口中不说,我心里也暗暗承认太久没有吃过如此原汁原味的菜肴。除了盐什么调料都不用加的蛋菌,却真正有蛋的浓香和细腻柔滑,带着弥久不散的余味缠绵舌尖。认真想想,很久没有这样慢下来守候一道菜的完成,细细享受菜的滋味了,总是赶紧吃,吃完就散。慢慢地心里感动起来,若不是成海执着地把鸡群彻底放养

在山林，今日这碗蛋菌便无从寻觅。回头看看如同捧着婴儿般细致打包鸡蛋和蛋菌的成海，读懂了两个字：诚恳！

饭后，踩着泥地上山下河，看被成海像宝贝般藏匿在山谷中的稻田和姜地，没有化肥和农药，野草几乎和作物同样茂盛。看着密密麻麻过腰的绿意，听着成海和小谢兴奋地规划着来年的扩展，感慨梦想的力量如此伟大，哪怕是"吃货"的梦想，也会有成真的时刻。

"老姐，你看等收成了，全家吃这样的大米是不是很安心？特别是孩子，一口一口喂进嘴的都是自己守护着的食物，多好！"抹着汗水，两脚泥泞的成海仰头深呼吸，外太空的种养已经从梦想中搬到了清透安然的小山谷。"我们要打造出立体生态农业食物链，老姐，叫远谷好不好？遥远的山谷，不被打扰的原乡！""好啊，春耕秋收，接着地气心里踏实！"我大声地回应。

顾城道：草在结它的种子，风在摇它的叶子，我们站着，不说话，就十分美好。

蛋菌 猪小肠洗净，鸡（鸭）蛋打融灌入小肠扎紧，温水入锅慢慢游动，小肠熟后捞起。冷却后切成二至三厘米的小段，用鸡汤、香菇、菜丝、木耳等配料煮开即可，煮熟后的蛋菌状如小蘑菇，娇俏可爱，色泽鲜黄，味道清甜，蛋嫩肉爽。

杨梅熟透香自来

又到杨梅成熟季，一周前就呼朋唤友约定采摘游玩的时间，念着那片青山绿水和满树红彤彤的果实，咽着口水扔下成堆的杂事说走就走。

驱车高速路，春暮夏初叶绿花正娇，远望近观都是美景，隐隐有江南风情的即视感，天空亦湛蓝得让心透亮，庆幸生在宜居之地，无须为污染雾霾烦扰。如此山水育出的果实，自然要比他处味足个大好上几分，因此长汀杨梅号称万亩，价格却一直居高不下，受欢迎抢手之极。逢采摘时，总要热热闹闹办成节日，外地游客本地居民蜂拥而至，摘得尽兴吃个过瘾，漫山遍野人声鼎沸，笑语里都带着酸酸甜甜的味道，一年复一年。

停车山下，路边搭着帐篷绵延不断的杨梅摊点，还有各色土特产，摊主们生意火爆不必吆喝，知足的笑盛开在脸上，挡不住的收获喜悦。"我能尝尝吗？"有外地游客问，"好吃，好吃，好好吃？"摆摊阿婆用夹生的普通话热情回应，看着游客满脸的懵懂，我笑着翻译："阿婆的意思是：吃吧，吃吧，好不好吃？"阿婆连忙点头，游客开心释然。巨大的彩虹门下熙熙攘攘，人们空手进去大筐小篮提着出来，孩子如同放归的兔子撒欢追逐嬉戏，处处杨梅似的彤红娇艳的小脸。旅行团在导游的喇叭招呼下鱼贯进园，清新的空气与满眼的碧绿让都市人放松和沉醉，吃是乐事，采摘又洗肺更是身心俱怡。

沿着木栈道进山，挨挨挤挤的果树列着，墨绿的叶间杨梅或红或黑密密麻麻地缀在枝上露出头来，让人不禁要担心细长的树枝能否承担如此重荷。长在低矮处熟透的杨梅很快就被摘光，想摘高处杨梅的人就需要各显神通，方能如了心意。父亲把孩子托在肩上，母亲在旁边护着，连日的雨天树枝果实都是水珠，调皮的孩子用力扯动枝条，水珠跟着杨梅齐落，惊得大人小孩尖叫着跳开，快乐的笑声银铃般撒开，这里刚落那里又起；也有寻了棍子树枝跳起敲打杨梅，伙伴们围着抢拾的；还有找农家借来板凳，寻较平坦的地面放稳，颤颤悠悠地爬上去，既要顾着脚下又要伸手攀高，颇有几分窘迫和狼狈，边上站着的人指挥着高处："那里那里，那个最大！这里这里，一大串都很漂亮！"摘的人手忙脚乱："哪里哪里？都差不多啊！"于是，有抱怨笨的有嗔怪没说清楚的，热闹非凡。

慢慢地朝果林深处走去，人渐渐少些，鸟鸣就清晰可闻了。循声寻找，还没发现这些林丛精灵的所在，他们已经冲天而去，仅留下小小的身影，变成黑点让你留恋。也有胆大的并不离去，色彩斑斓俏丽地站在枝头欢快，跳着唱着，唱着唱着又飞来几只，高高低低站在枝丫上，或一起和声或歪着小小的脑袋看着我这个不速之客，"你是谁啊"问话呼之欲出。一群米鸡（野鸡）从脚边掠过，迅速消失在草丛里，若不是草叶还在晃动，会以为自己不过眼花罢了。这是果农们的丰收，也是鸟鹊们的盛宴吧，草丛里的虫们也蹦得格外欢快，搞不清楚是来吃杨梅的还是来被吃的。想着想着就莞尔笑了，自己不是来吃杨梅的吗，怎么看起热闹来了？伸手在几个红得发黑的杨梅间徘徊，轻轻捏着摘下，圆圆肉刺在指尖划出细腻的凹凸感，咬一口黑红的果汁顺着齿缝漫进嘴里，杨梅特有的果香伴着蜜一样的甜弥漫，美好直愣愣地渗透进心间，忘却成了难事。

在果林里现摘现吃是不用交钱的，如果因此就放肆畅怀的话，晚上就连豆

腐也别吃了，再甜再大也依旧是杨梅，贪吃倒牙是必然的。"望梅止渴"中的梅，有说是青梅也有说是杨梅，无论哪一种都是酸的代名词，所以长汀杨梅好吃，也切勿过量。民间有说法，吃杨梅时若能连核吞吃，对肠胃是非常好的，能预防腹泻，也确实亲见老人不吐核的吃法，我却是不愿意尝试的。把甜蜜蜜的杨梅吃得如咽药般痛苦，不是我的追求与风格。

长汀杨梅对肠胃有良好的养护作用，除了咽得直翻白眼的方法以外还能泡成杨梅酒。将杨梅洗净晾干，一层杨梅一层白糖铺好，再倒入用粮食土法酿制的高度谷烧，密封严实存放。讲究的人家会四处搜寻山里野生的杨梅，又以白色的野杨梅泡酒效果最佳。少则半年多则三五年开封取出，酒色红赫果香扑鼻，入口清甜绵长润滑，能把山水间所有的美好用味蕾传递，晚餐后小酌最恰当不过。肠胃虚弱的人，长期饮用有良效，味道香香甜甜，也极受女人们喜爱。

"妈妈，为什么这里的杨梅跟别处不同，特别好吃？""是啊，这样的杨梅才叫有味，别处的看着虽然大个可是寡淡无味，这里的不仅甜还有浓浓的果香。""对啊，多少年没闻到天然的香味了"……大都市来的人儿们在热议，我听着心里道：

山好水好，就这么得意且任性！

三洲杨梅 健脾开胃之用，且有解毒祛寒之功效。

三洲杨梅生长环境良好，个大味甜汁多，多食不伤脾胃，泡成杨梅酒后有生津止渴、

过年杀猪菜

福建汀州古城里有条店头街，小姑娘梳着两只小髻，提着竹篮略微吃力地走在鹅卵石路上，木屐踩出清脆的"达达"声，小脸上透着红润和细密的汗珠。街上很热闹，迎新春的年味在新张贴的对联里变得火红，各种手工作坊店铺林立，小姑娘每走几步就低头看看竹篮中装着"杀猪菜"的盆子是否安好，汤有没有溢出。油亮的竹篮中热汤散发出的香味让路人垂涎，不断有认识的人招呼："去送杀猪菜啊？"小姑娘使劲地挺起身子大声应道："是，有空去家里吃啊！"更小心翼翼地护着竹篮。走到一户人家门口，脆生生地喊："叔婆叔婆，在不在家？家里杀猪了，妈妈让我给你送猪血粉干！"木门"吱吱呀呀"地打开，里面挤出多张脸孔，在家的都迎出来，接盆子的接盆子，招呼的招呼："美莲啊，家里杀猪了？哟，怎么拿这么多啊，自己吃了没有呢，进来一起吃？"小姑娘羞涩地笑着谢绝挽留，提起竹篮又往下一家走去。叔婆家年龄相仿的孩子追出来，帮着美莲提篮子有说有笑地同行，把所有的杀猪菜趁热送完。

过年了，养着猪的人家从凌晨开始忙碌，请人杀猪。最亲近的邻居朋友会到杀猪人家中去帮忙，屋里屋外都是人，男人们负责砍肉剁骨，女人们负责厨房柴火，几百斤的猪杀了全家要筹算着吃上小半年。每个部位的肉或骨头用于做什么都会提前细细琢磨好，腌、炸、腊、卤……一番忙乱后，赶在午饭前要给邻居、长辈们挨家挨户送上热气腾腾的杀猪菜，可以是猪血粉干可以是氽猪肉也可以是炸猪皮。分到杀猪菜的人家自然是欢喜的，或留给老人或分给孩子。大半天忙碌下来到日落时，自然要大餐一顿以飨众人。

将刚刚凝固的猪血切块，以肉汤为底加碎粉干煮开，黄姜捣烂再切成碎末搅入，起锅时略添上些地瓜粉。香气扑鼻的汤中，粉干是白的猪血是黑的，再缀着点点金黄的姜末，色彩对比强烈，不饿的人看着也能食欲馋虫齐来，更不必说还有香味诱人。孩子们眼巴巴地等着将肉仔细剔除干净后的排骨，捧着骨头就奔着街角公用的"石臼"而去，男孩们争先恐后轮流上阵轮锤，女孩们嬉笑打闹帮忙翻动骨头，将骨头捣成浆后装起，七八个孩子前呼后拥护送回家。大人将骨浆拌上地瓜粉、盐，揉成指头大小，炸成"骨头丸子"。孩子们盯着油锅等，才起锅就抢光也不怕烫，剩下的用陶罐存储起来，藏在粮仓里给孩子们当零食。眼尖的孩子偷偷记下陶罐的位置，趁大人不注意悄悄抓一把放在口袋，犹如中奖般开心，躲到屋外与要好的小伙伴分着吃。

男人们将猪肺、小肠、窝心油等"猪八宝"炖汤，忙碌一天后汤浓肉糜，就着温米酒三五杯下肚，猜拳声就吼起来，几乎能把青瓦屋顶掀开。女人们做完腊肉香肠，把猪头肉卤好，也三三两两地各自寻伴小饮谈天，恨不能将家中从老到小、房前屋后都探讨一遍。直到月上柳梢方醺醉相携回家，"慢慢行（走），行不动了倒回来"的道别声、叮嘱声、玩笑声清晰地萦绕着祖屋，渗进时光的缝隙中。

杀猪那天街坊四邻亲友的欢快热闹，年前最热闹的序曲，这些是属于我母亲的记忆。

在 20 世纪 80 年代中早期，城区仍有少数人家养猪，我也听过凌晨杀猪时惊心动魄的嚎叫声，母亲说的"杀猪菜"却未曾吃过。随着生活条件的飞速发展和变化，不用说城区，农村家中养猪都难得一见，自然更无缘得见"杀猪菜"。年料在市场就可以按需要备齐，非常方便。热闹非凡、喜气洋洋的年味只能在父母辈中的回忆里情景再现，听得多了便成为一种向往：什么时候能带着孩子共同动手，吃上"杀猪菜"？

念头生久了会想办法付诸行动，三几好友约定，四处打听到土猪凑了份子买下，腊月十五那天几户人家举巢出动浩浩荡荡奔乡村而去。宽敞的客家民居分上、下厅，分别摆着大小圆桌，主人从凌晨就已忙碌，等我们这群被馋虫附体的吃货们到达时，四处已经冲洗干净，不见杀猪的痕迹，只有厨房里待煮的猪肉。男人们挽起袖子，搬开猪肉挥起菜刀分块切细，女人们包饺子、刷锅炖汤、炸肉，孩子们冲到屋前的小溪边玩水。

我问主人："村里可有石臼？让孩子们去打骨头，做丸子吃。"主人笑了："现在的孩子哪里还愿意吃那个东西，石臼是有的，不如让他们去打瘦肉丸子吧！"端着一盆子肉，带着孩子们去找石臼。乌黑油亮的木槌沉重得让我和孩子们傻了眼，摇摇晃晃举起来已经是极限，更不用说将肉块打成肉糜，兴冲冲而来灰溜溜而归，让腹黑的伙伴们狠狠地嘲笑了一番。最后，有人出主意，用碎砖堆出个临时烧烤炉，孩子们如小麻雀般叽叽喳喳地围着烤肉，花了脸掉了肉烫着手，闹成一锅粥，也不知道他们最后吃到嘴里的多还是烤成焦炭的多。

临近中午，在主人的帮助下，一群人方手忙脚乱地煮出满桌杀猪菜：猪血粉干、炖猪八宝、卤猪舌、红烧猪蹄、汆瘦肉……孩子们围着圆桌打闹，男人们喝着酒海阔天空地聊着，女人们管着孩子哄着训着，也有端着碗埋头吃无暇顾及其他的。

忙且乱，父辈们儿时的大家族默契分工合作、老人孩童齐动手，自幼参与家务劳作、年味十足的情景淡出了岁月，刻画在老屋泥土墙的斑驳里，远去！

杀猪菜 客家热情好客，正月更是走亲访友的节日，过年前几日将自家养的猪选最肥最大杀好，猪血、猪内脏和部分猪肉煮上粉干分送给亲朋好友。其余部分或炸、或腌、或腊，用于正月招待客人，杀猪菜大抵有猪血粉干、炖猪八宝、卤猪舌、红烧猪蹄，佘瘦肉……猪为农家自养，趁肉新鲜下锅，菜式多样，汤甜肉嫩，是客家非常隆重的待客之道。

芋子饺在远乡

若说在心中存着一处桃花源，盛得下我所有的宁静，必定是红旗厂。隐蔽的山谷里溪水潺潺、爬满青藤的废墟、有鹰在碧空盘旋和默守这方神秘兵工厂的好友方圆。打通电话，方圆道：来野炊或露营吧，邀上伙伴们背着锅灶便去了！还是那扇破旧的、剥落了绿漆的门开启一个隔绝的世界，孩子们在灰墙建筑间飞奔，新奇且惊讶，伙伴们七手八脚把备好的野炊工具和食材搬下车。芋子撒落满地，滚进路边碧草连天里。众人惊呼着钻入草丛中找芋子，还未寻到两个，已在成片野菊的白色花海中迷路。方圆大笑：你们中午要弄什么吃的，芋子饺吗？得给我留下几个！我反问：你不和我们一起吗？"你们自在玩，我进山拍鸟，记得给我留芋子饺就成！"方圆边走边答，身后半人高的牧羊犬小跑着，紧紧相随。

耳边传来密林里的催促声，晓兰抱着满盆的肉馅小心翼翼地钻进林间，我和鹿子相视笑笑，初来的孩子们惊讶着传说中的兵工厂，叮嘱鹿子领着按捺不住好奇的小朋友去各处走走。急着午餐的大人们挽起裤脚，蹚过小溪动手搭野炊的锅灶，还有人四处寻找枯枝当柴火的。静谧的世界被我们搅出圈圈的涟漪，扰起雀鸟欢叫着飞离，豆娘惊恐地闪着透明的双翅，与起起落落的蝴蝶一起用巨大的眼睛盯着不速之客。

火熊熊地燃起来，费劲寻回来的芋子入锅，散落的明年也许就悄然生根发芽了吧！随意转转，抱回来的枯枝就成堆，锅里迅速地开出朵朵水花，芋子上下翻滚着粗犷的香味。调皮的小姑娘们精灵般地追逐着溪间的鱼虾，不惜湿了衣裤，我静坐着看守炉火，双脚漫入清凉的水中，水纹微微颤抖地抚过脚面，恋恋不舍地回旋而去；男孩们故作冷静地寻找传说中的"武器"，不停眨动的眼睛出卖了他们迫切躁动的心情，若在何处发现机枪的空弹壳，必定吼叫着抢成一团。男人们忙碌于搬运折断枯枝，女人们聚在一起洗菜拌馅，西瓜扔到水深的地方泡着，篮里洗过的桃子招摇地红艳着，菜叶上的水珠折射的七彩阳光，闪耀在煮着芋子的蒸汽里。

熟了的芋子被捞出锅，趁烫剥开毛茸茸的皮，一层层地瓜粉洒入盆中，圆滚滚的芋子被用力地捣碎掀起薄薄的白雾，芋香和着水响清幽了小小的山洞。加了地瓜粉的芋泥还热着，已经被揉搓成小团，并不需要擀面杖，直接用手捏成饺子皮。馅料是早起备好的，肉糜混葱花、白萝卜末、点点香菇和大个的新鲜虾仁，包进温热的芋泥皮里，可捏成耳朵状、烧麦状，再灵巧精细捏上花边。待一个个胖嘟嘟的芋子饺包好排列整齐，看着颇为惹人怜爱。架在溪边的铁锅翻滚着骨头汤，浓白弥香，做芋子饺的汤底甚好；另一锅溪水烧开，用于干蒸。肉汤上下搅动着，防止饺子粘连；众人合作将白纱布垫在蒸锅上，小心地将芋子饺摆放进去清蒸。熟了的芋子饺半透明如褐色玉石，煮汤的随性干蒸的傲娇，咬开的瞬间流动出粗粮与瘦肉混合的幸福，把时光凝结在舌尖，扎扎实实地咽进肚子。多的芋子皮捏成小拇指大小的芋子粄，开水煮好捞起，用香菇、虾米、红萝卜丝、肉末爆炒，香气在半空围绕，肆无忌惮地诱惑着众人。打开车载音响，歌儿像风一样自由地混迹在芋香肉味里，有人托着碗踩准节奏在踢水。我想起山风轻抚过的野兰，抬头天空宁静高远，心情在这儿清新美好得如手上端着的那碗芋子饺，顺滑而不油腻。

深藏在谷间，曾经存放过重要军工器材的山洞因为我们的到来亮起无数炽灯，人往里走几步身影就隐没在直白刺眼的光线里，仿佛凭空消失一般。我有些茫然地看着突然只剩下自己的巨大山洞，恍惚间眼前徐徐展开一幅巨大的画卷：皎月当空，一群男女老少围坐溪边，挖地为炉生火做饭。他们满身风尘衣衫褴褛，疲惫不堪的脸上刻着坚韧刚毅，青壮年警惕地护守在外围，中间是老人孩子和女人们。举族长途迁徙，风餐露宿食不果腹，有长者捋须望月长叹，

芋子饺在远乡 食话 汀州 SHI HUA TING ZHOU

孩童在年轻母亲怀中低声哭闹。又是月圆回首来时路，家乡旧景千重山，万般思念风云起，无从寄！溪中洗菜的妇人们愁眉紧锁，在不知麦子面粉为何物的荒夷之地，如何让族中老小吃上饺子以温乡情慰乡愁？无人能知是哪位巧妇想出捣芋为泥，以芋泥为皮包出一个个晶亮闪光的芋子饺，把思念、艰辛、希冀搅拌成馅包裹好，待咬开的瞬间沉沦在饺香里无法自拔，抚平远离故土的沧桑。愁容在吞咽中流成知足的泪滴，有人吹起青笛，柔婉声声袅袅入梦，枕着明月清辉和故园的牵绊而眠，醒在明天一轮的新日里。

"妈妈，你发什么呆呢？"折返的鹿子轻声问我，高大的身影包围我，罩住刺眼的光芒，我笑而不答牵上他的手，母子俩离开山洞。进山的方圆还没回来，鹿子将特意留下的芋子饺放进冰箱。大家随意地散坐在他的世界里，墙上密密挂着春夏秋冬四季的红旗厂照片：春天的瀑布从七层岩倾泻而下，在岩中就着水声轰鸣品茗；夏天的荷叶田田碧连天，追逐着野生的鸳鸯屏息静气；秋天的枫叶或红或黄整条山谷层林尽染，谈笑着看山鹰冷酷盘旋；最后冻得在瑟瑟发抖，在冬天等候一束阳光播撒进东阳山……轻掩上竹栅栏，不道别离去。

回不去的旅程叫家乡，守护着的宁静是心田，如果有种方式能一步跨越千年，隐身曾经的山水草木，听懂遗落在溪涧边的呢喃思乡，只需轻轻举箸，那盘安静剔透的芋子饺在期待所有感官的复苏。

芋子饺 芋子水煮后去皮,加入适量地瓜粉捣匀成芋泥团,将芋泥团捏成饺子的薄皮,以肉末、香葱、白萝卜、笋末、胡椒粉拌均为馅,包成饺子。芋子饺可用肉汤或鸡汤氽煮,也可以干蒸后淋油葱酱油。也可将芋泥捏成小拇指大小,用开水煮熟加入馅料爆炒,称为『芋子籺』。芋子饺皮嫩透亮,入口润滑,芋香醇厚,馅料味美。

温水鱼记

汀州之南为河田，河田有泉，沐日浴月泛灵液，微波细浪流踪峥，雾气氤氲热气腾腾称之温泉。泉中有鱼，不知其名，以肉肥、汤鲜、汁嫩扬名，百姓称"温水鱼"。鱼游弋在温水之间，不惧冬寒不畏夏暑，圆扁无鳞肥大色美，若互相嬉戏欢喜得跃上岸来，在地上蹦跳片刻，光滑无鳞的鱼身即显出丝丝血痕，比"豌豆公主"之娇嫩亦不逊色。二十多年前与好友初到河田泡温泉，热情的乡民卷起裤腿在温泉尾端入河口间寻觅，抓得半大小的两只温水鱼。我们尚在捕鱼的欢乐中，鱼已经煮好上桌。乡民道此鱼在锅中稍煮即熟，鲜嫩无比。时间长久，鱼的做法味道已经变得模糊，只是鱼肉异于平常的肥滑记得极清晰，日后再未遇着。

汀城百姓爱吃鱼，按口感和喜爱程度排名，流传成了俗语"一鳗二鳜三刀鳅"，鳗自然是鳗鱼；鳜俗称鳜婆，即为鳜鱼，生性凶猛肉质优良；刀鳅鱼鲜香难捕。可惜只前三名得以流传至今，私自揣测因温水鱼产地范围狭小、产量稀缺，旧时又消息闭塞，能知其鱼而一饱口福者恐怕寥寥无几，否则这前三甲中河田温水鱼应当榜上有名。忆起温水鱼，便心生念想欲再寻踪迹，不为口腹之求，只想把模糊的印记理清晰。约河田籍好友，三杯两盏清茶入口，问及如今哪里还能吃到温水鱼。不料好友满头雾水："什么温水鱼，我没听说过啊？"这样的回答让我猝不及防地傻了眼，争执几句干脆与好友直奔河田，找鱼！

河田古镇辟于唐兴于宋，千年来人口众多经济繁荣。与好友各自疑惑着对方的记忆，漫步在人声鼎沸的温泉街上，两边温泉池、旅店、成衣店、饭店林立，好友不停地与熟人亲友打招呼，我见缝插针地问："河田哪里还有温水鱼？"得到的答案五花八门，或说不知道或说早绝迹了或说没见过……原本模糊的记忆越发缥缈迷茫起来。难道真的没有温水鱼，是我记错了抑或只是个传说？好友看我站在街中间发愣，一把拉我到路边小店休息。我沉默着，脸上掩饰不住的沮丧与失望，好友调侃道："知道的想着你来找温水鱼，不知道还以为你失恋了呢！"我冲他翻翻白眼，不回答。小店里泡茶聊天的老大爷听到温水鱼，好奇地凑过来问："你们要买温水鱼吗？"我大喜过望："大伯佬，你知道哪里有温水鱼？""有啊有啊，我侄子家养了不少呢！"

我一蹦而起，拉起好友就要往老大爷侄子家去，热心的老大爷乐呵呵地带着路，直夸自己侄子聪明："这小子养鱼养出名了，你们城里人都找上门来了！是不是要和他批发啊，我让他便宜点！"边说边拍着胸脯保证。好友解释："不是要买鱼，她在收集资料，来了解情况的！"跟着老大爷的脚步在古镇的街巷急行，寻觅了半天无果的我想见到温水鱼的心愈发迫切。老大爷听说我在收集资料，絮絮叨叨地说着河田温泉的故事与传说，生硬的普通话夹着河田方言，听了个大概：有只金凤凰被恶霸追赶受伤，飞落河田在乡民的守护产下两枚金蛋后咽气，金凤凰化身汨汨温泉，而金蛋则变成闻名遐迩的河田鸡。我追问着，却没有温水鱼的故事和传说。边聊边走，大爷带我们来到一片宽阔的鱼塘，指着黑乎乎的鱼群说："你们看，这就是我侄子养的温水鱼。"还来不及喜悦，我发现不太对劲："大伯佬，这不是非洲鲫鱼吗，哪里是温水鱼啊！"老大爷乐呵呵地回答："这就是用温水养的，非洲鲫鱼就得用温水养才不会冻死，怎么不是温水鱼？"巨大的希望瞬间落了空，我张嘴了半天没有说出一个字。好友接过话茬，问了大爷几句闲话，陪着寻而不得、闷闷不乐的我回了城。

温水鱼就这样成了心结，也许是我的记忆出了差错没有这种鱼；也许芳踪难觅，正在哪个清潭中往来翕忽。找到之前，这个心结存放成了美好的记忆和冥想：旷远朦胧带着面纱，如水中望月、雾里看花，让人总想一探究竟。寻鱼不遇，归来把小小的惆怅失落放在朋友圈，纪念自己曾为一鱼上下奔波求索、

"其间旦暮闻何物"的心情起落。朋友圈发完，对自己道放下此鱼不再追寻。翌日晨起，闺蜜微染在朋友圈得意回复："为何不来问我，我可吃了不少温水鱼！"

微染，比我更早关注汀州美食，各处旅游美食系列宣传大都用着她的摄影作品，她说吃过必定错不了。电话接通，两个女子热热闹闹地聊了半天，温水鱼在你一句我一句中慢慢鲜活起来。温水鱼，确有此鱼！生活在温泉尾端水温20摄氏度左右的水域，个头不大无鳞或小鳞，可红烧可清蒸，肉质比普通鱼类鲜嫩多汁，八九十年代初河田镇沿街饭店不少厨师都会做。可是温水鱼生活的水域实在狭小，产量更是堪称珍稀，尝到甜头的人们到处捕捉，很快就几近绝迹。最重要的是温水鱼栖息地被填平开发，温水鱼如同昙花一现，美则美矣，倏尔远逝成了极少部分人的回忆。

至此，温水鱼的记忆有了答案，从模糊到寻而不得，从惆怅失落到意外知情，终究还是只能在一声叹息中淡淡回忆。

记之，为此鱼留传。

温水鱼 生长于河田镇温泉下游,鱼身无鳞,体形呈圆扁状,以肥、鲜、嫩著名,现已经基本绝迹。河田老人回忆说该鱼离水片刻全身就有血丝出现,入锅即熟,肥而不腻鲜嫩多汁,部分老人还会说关于温水鱼的顺口溜:河田温水鱼,一捉会出血,落地跌两截,入口不用嚼。

客家药膳

KE JIA YAO SHAN

　　阿俊，金发碧眼，中文名何俊儒，美国加州人，哥伦比亚大学人类社会学博士。十五六年前在一次厦门大学的校际交流活动中与他相识，急于熟悉了解客家文化风俗的他，对异国文化充满好奇的我，一见如故，为彼此的世界打开了交流的小窗。后来阿俊申请到美国国会的资金赞助，选择了长汀造纸术与客家文化作为他博士毕业论文的研究对象。

　　阿俊挚爱中国文化，曾在台湾待了六年潜心研究国学，口语极好，《论语》倒背如流，四书五经信手拈来，常常让我这个土生土长的中国人汗颜不已。阿俊在庵杰竹山最密集的村子租民房住下，调查研究农民耕作，从砍竹开始直至收获、土纸的晒成。那年的汀江源头多了道奇特的风景：一位个头高大的外国人卷着裤腿在田间劳作，与村民们谈天说地，满身泥泞依然笑容满面；碧绿的竹林中，阿俊哼着不成调的客家山歌砍竹捆竹，学村民们跳到石灰池中踩竹麻。

　　待我到庵杰看望他的时候，他正满脸又脏又黑地学着用柴火灶做饭炒菜。屋顶的灯泡沾着灰尘随着山风晃动，昏黄的光晕不停摇摆，山间的虫鸣一声紧过一声，让我莫名地不适。在这样的生活条件下，如若不是知情，完全无法想象阿俊是拿着美国国会经费赞助的博士。

"慧，我煮树根肉汤给你吃，可好？"阿俊兴高采烈地问我，"树根肉汤，那是什么？"我不知道他从哪里学来的菜名。只见他在灶前的柴火堆里翻找着，然后抽出一条根状青藤洗洗，用菜刀砍成几段就往装着瘦肉的盆里扔。我大吃一惊，急忙阻止："阿俊，这是什么东西？你就往吃的里面放！"阿俊得意地说："前几天隔壁的阿婆就这样抓了把树根煮肉汤呢，特别香！"我哭笑不得地解释："那种树根叫香藤子根，是客家人喜爱的药膳之一。选可以食用的药材煮汤，不是随便什么树根都能吃，小心食物中毒！"阿俊拿着青藤乐了："我看阿婆就在路边挖了一截小树根，煮的肉汤就比以前喝的更香哦。"我心有余悸地扔掉青藤，要熟悉了解中国的饮食文化，对于异国他乡的人，有着遥远的距离。

为了避免类似的事情再发生，约上同村阿婆带着阿俊到中药铺子认识农家常用的药草，又与阿婆一起在山间地边把可以食用的香料植物，挑简单易认的几种教给阿俊。阿婆领头，好奇的阿俊与我跟在后面一边看着阿婆在草丛间识别可食用的野菜或药草，一边跟我讨论着往小笔记本上写。阿婆讲方言，我夹在中间负责翻译成普通话："这叫车前草，晒干可以煎水利尿；这是鱼腥草，可以生吃也可以晒干煮水，消炎去火！""消炎我知道，去火是什么？灭火的效果特别好吗？"我想了很久，不知道如何解释此"火"非彼"火"。此时阿婆拔

客家药膳 食话 SHI HUA TING ZHOU 汀州

了几株绿草朝池塘走去:"这是香草子,用来蒸瘦肉或者炖小肠汤、骨头汤!""这就是那天喝的香树根吗?""不是的,那天蒸的是香藤子根,这是香草。"阿婆俯下身子,把香草在塘边的石头上拍打几下,抖落沾着的泥土,蹲在塘边利落地清洗干净。

洗净的香草闪着晶莹的绿意,种子包裹着藏在叶间,如同小小的灯笼,散发浓浓的香味。阿俊仔细地打量香草,凑前轻嗅连连点头:"这种香与那天的香果然不同,形状也不一样!好神奇啊,为什么这些花花草草,甚至树根都可以吃,还有不同的吃法不同的作用?"

"客家人长途迁徙,一路艰辛异常,生病或水土不服是常有的事情。环境逼着他们学会医食同源,将这些随手可采摘到的草木用于治病充饥,以保证族人迁徙过程中的平安,即使不对症也不会有副作用,各家房前屋后或多或少都会晾着常用的药草。比如,你上次吃过的香藤根和今天摘的香草,不仅仅能去掉腥味让肉汤更好喝适口、促进食欲,还能去风去疾。""去风去疾……下火?"阿俊拿着香草不停地嘀咕着,入了神。想想自己可怜的中医药知识,便任由他自己反复琢磨这几个最常见的词语,而不得其解。我接过香草交给阿婆,阿婆乐呵呵地去集市买猪小肠炖香草子肉汤。

那天跟着阿婆摘到的各种药草和香料有好几种,薄荷叶被捣成绿汁做成白斩兔的蘸料;香草切段加在小肠里用慢火炖汤,甜树叶放进煮得乳白的豆腐鱼汤中,还有新挖的野菜黄豆扁(马齿苋)和蕨菜用开水焯过,拌上油盐。薄荷白斩兔肉滑鲜嫩中带着清凉的回味;小肠汤清淡甘甜的香草气息充斥在舌尖;加了甜树叶的鱼汤翻滚着特殊的浓滑爽口;新摘的野菜有着最质朴的芬芳甘醇,从来不吝赞美的阿俊吃得摇头晃脑,端着碗拉着我手舞足蹈唱起了美国民谣,美国式的欢乐遇上中国式的内敛,窘得拿着筷子的我手足无措。饭后,阿俊帮着阿婆把香藤子根、苦斋、车前草、鱼腥草、益母草分类,仔细地捆成小小的一把,整齐地晾晒在院子里,并用纸条注上名称用法及作用。

"'五谷为养、五果为助、五畜为益、五蔬为充',我说得可对?"阿俊突然抬头问我,我笑答:"你可是这几天苦读了医古文?连《黄帝内经》都翻了?""中国文化如此历史悠久、博大精深,终我一生也不得其义啊!"阿俊冲我做了个愁眉苦脸的表情,逗得我忍俊不禁:"此为至稳至善之方也!""这又是出自哪里?"我笑而不答,没敢告诉他自己都忘记了是哪里的典故。想想,转移了话题,和阿俊讲起客家药膳的小故事:清朝中叶,汀州府内的有两间大药铺"同丰厚""太和堂",两位老板在年终结账时为推广中药补品,于冬至那天联手将各种补药搭配美食，做成丰盛的筵席招待各方宾客，深受欢迎。从此，药膳在客家地区广为流传，相沿至今。

阿俊在长汀庵杰待了整整一年，顺利地完成了博士论文。陌生的国度，极其简陋艰苦的生活环境，与村民们同吃共住，清瘦的身躯透着疲惫，却总是笑容满面。我每每见到都折服于他的敬业和拼命，阿俊得意地说："你们客家人不正是如此？吃苦耐劳、执着善良，我学得可像做得可好？"阿俊离开中国后，或邮件或电话保持着联系，知道他站在窗口亲眼看见了"9·11"恐怖事件全过程，后来赴联合国任职，主动申请前往非洲最贫困地区担任援助工作。临行前与我道别："慧，非洲通信非常原始，我可能无法再与你联系了。Take good care of yourself, Good bye!（保重，再见）"

转眼十余年过去，不再有阿俊的消息，家中炖香草肉汤时，常常会在草香中忆起他诚挚的笑脸："看我，可像客家人了？"不知道他是否还在非洲援助，是否一切安好。《文中子·礼乐》云："以心相交，方能成其久远。"国度不同肤色不同文化不同，唯情谊与真心互通，有如田间自由生长的药草，配上精心挑选准备的肉食，炖出独特香味的汤羹，历久弥香，长忆长暖。

客家药膳

客家药膳历史悠久，兴盛于清代中叶。以客家生活中极为常见的汤饮，有消炎去热、补中益气、疏经活血、强筋壮骨等不同功能。客家药膳工艺悠久，做法简便，药香浓郁而味不苦涩，滋补与美味并存，极受欢迎。香藤叶炖肉汤、熟地炖猪舌、苦斋清蒸鱼等为代表，是客家药膳的代表作。

米饭一箪岁月长

天井山，福建江西毗邻处，古有驿道穿山而行，两头连着明清时的汀州府和宁化县城。山中有村，名天邻，小村坐落于雾霭之中与天地为邻。清早的晨雾袅袅而起，山风跃过屋顶树梢将炊烟晨雾搅成黛青色，阳光钻过层层叠叠的密林撒落。犬吠和着鸡鸣鸟语，远远的回音似涟漪圈圈飘落，"吱吱呀呀"中山里人家的大门陆续地打开，缕缕饭香萦绕屋内，随风飘扬出来。走亲戚、赶集、砍柴人招呼着出现，货郎腰间系着席草饭袋（饭箪子）、登山的木杖在石阶上敲出"笃笃"声，肩挑手提的年代热闹了古老的驿道。

太阳渐渐升起，巨大的观音石旁苍天古树下，简陋的石头小屋里三三两两坐着歇息的赶路人。各自放下货担、柴火、行囊，汉子们抹去豆大的汗滴，点起旱烟猛吸几口过瘾。石屋里放着木茶桶，每天都有附近村民轮流盛满凉茶，五六个黝黑的海碗摞在桶边，长年免费供来来往往的人们饮用。解开腰间的席草饭袋，雪白的米饭颗粒分明，中间有缀着黑腌菜有搭着萝卜干，家境略好的能惊喜地发现埋在饭里的小块咸鱼，引来众人羡慕的目光。随手从路边折两根大小合适的细竹或木枝当筷子，就着茶水大口大口地从席草饭袋中往嘴里扒拉米饭。东家娶的小媳妇山歌甜过蜜水，西家大爷砍柴遇上野猪，赴墟的货郎在山间看到佛光显灵、仙人湖突然

无风有浪，驿道上许多传奇与故事和着醇醇的饭香，在反复咀嚼吞咽里流传。

席草饭袋闪着墨绿的油光，依着主人的胃口编成不同大小，或一斤半斤，也有两斤的，喜欢吃米饭硬爽些的就把袋口扎紧点，喜欢吃米饭软黏些的袋口就扎得宽松。编织饭袋的席草长于浅水田间，草茎圆滑细长大小均匀、色泽鲜艳清香扑鼻。初夏晚饭后的女人围坐在晒谷坪边，修长的席草跳跃在女人们的怀间，银色月光如瀑串起稻香和笑语，编成大大小小的饭袋，跟随男人们上山下地闯天涯。席草饭袋盛装的米饭丝丝缕缕渗着独特的草香，更可在酷暑里存放两日不馊变。各家的饭袋很容易识别，席草编得细密紧致的，那是家里有巧手女人；席草花纹稀疏杂乱的，持家女子会被悄悄笑话；青年汉子的饭袋如果缀着席草编成的小花或同心结，必是情投意合的姑娘杰作，缠绵地提醒情郎家中有望穿秋水、盼归的人儿。

为了赶上亲人早起赶路的时辰，客家的女人们在鸡叫头遍时已经开始忙碌。天井山茂密竹林中渗出的泉水清凉甜静，日照充足的单季稻米浓香蕴甘，泉水被手搅得哗哗响动，米粒在濯洗摩擦中悄然吸收水的活力和甜度，造化天成的味道活跃舒展到饱满。被泉水唤醒的米粒放入锅中，一把把的柴火塞进灶膛，熊熊的红光中泉水沸腾，香气丝丝缕缕沿着锅盖溢出，袅袅婷婷地绕梁而上。

竹编的漏勺在米粒开花前将米和米汤分开，如果有出门干活或远行的家人，半熟的米饭按人数和饭量分开盛入席草饭袋扎紧，摆放整齐再蒸至席草香饭香飘逸。阳光雨露、席草带着土地的芬芳融进米中，饭粒松散，米汁仍在。蒸好的饭袋牢牢地系在腰间，家的温度和牵挂贴着肉暖了心，陪伴着辛劳漫长的旅程。

席草饭袋只用去了晨起准备三餐主食中的一小部分米饭，大部分半熟的米饭被盛入巨大的饭甑，架在柴火灶上蒸熟。饭甑大约高80厘米，用南方山岭随处可见的杉木条箍成，呈上大下小桶状，中间用竹篾编织的细条捆住，底部有条状镂空称为"箅"。饭甑两侧有耳方便端持，木盖被横梁拴紧也充当抓手。客家喜聚族而居，合家大小十数人且农活繁重，勤劳的女人们要在下地干活前一次准备好全家三餐的主食。饭甑架在灶上，灶膛里未燃尽的草木炭灰温着米饭，田间归来只需再添一把火热热，再炒上几个菜即可，省却了重新洗米下锅的时间。半熟的饭从米汤里滤出再蒸，饭不粘锅更没有锅巴，每一粒米被烹煮得喷香富有嚼头，耐饱且不浪费。

捞去饭粒的米汤浓稠润滑，另外盛打在盆里，可略微加些白糖，是家里病弱老人、未长牙的孩童极好的汤饮，营养又经济。劳作归来饥渴难耐，仰头不喘气灌下一满碗，什么琼浆玉液大抵不过如此了！若有醉酒的汉子，醒来必定钻进厨房急哄哄地找新熬的米汤暖胃，在女人心疼的唠叨里热热地喝上几口，抹抹嘴角朝女人乐乐，头不晕肠胃舒爽地开工去了。如果遇上秋收合家晚归，来不及另外备菜肴汤羹，就将米汤或者大碗茶浇入饭中，就着酸菜、萝卜干大快朵颐。草草冲洗，倒头就可听见震天呼噜，清爽的稻香里一觉天亮，连梦都不必做了。

天井山海拔过千米，满山皆绿，溪水潺潺，飞瀑震天。如今村中无人、驿道荒芜，跟随客家人走山闯海的席草饭袋陈列进了博物馆，难觅清香。如今做饭无须柴火，先进的电器实现了一键操作，开盖即食。方便之宜，愈发让人怀念柴火、席草、饭甑的烹煮过程中的期待，那种奢侈的仪式感。《随园食单》道："饭者，百味之本。饭之甘，在百味之上；知味者，遇好饭不必用菜。"每天三餐离不开、不得不食用应是美味的极致。一碗颗粒分明、口感香甜、黏度适中、冷热皆好吃的米饭所蕴含的韵味，受自然山水间的纯净滋润，经泥土雨露的栽培供养，被柴木席草不疾不徐地烹煮熏煨，经一双双灵巧的客家女子双手盛放到硕大的圆桌上。一勺入口细细嚼来，如有糖拌香甜颊齿，无须名贵菜肴相佐，本身就足够了。

五谷养人，无论酒肉菜蔬如何丰足，三日过去肠胃总会记挂米饭，两勺入肚，米饭的谷气接通地气，心中踏实起来。从巨大的饭甑里打起雪白的米饭，承担起千年的浓淡滋味；存素心一点，真味只是淡，人行万里乐在一箪席草饭中。

"绿畦香稻粳米饭"，有好饭不讲菜，大道至简悟在天成，摇曳腰间的席草饭袋，矗立灶膛的巨大饭甑在默默讲述。

米饭一箪岁月长 食话 汀州 SHI HUA TING ZHOU

113

席草饭

选优质大米入锅煮至半熟把饭粒捞起，装入用席草编制的饭袋中，袋口扎紧放于饭甑蒸熟。席草饭米香浓郁，入口清爽，米粒颗颗分明不粘连，带着席草特有的清甜和草香。因便于携带，能保持较长时间不变质，是深受旧时汀州劳动人民喜爱的主食。

清明米粿白

春分后的雨打在脸上依旧入骨的冷,在春寒料峭里独自漫无目的走走。城郊的路旁小溪喧哗,连日的绵绵细雨后竟有了些河流的气势,"哗哗"地欢腾着向前翻滚。对岸是不高的山崖,怒放着杜鹃,火红的花丛中缀着这里一点那里一束的绛紫,周围延绵出去就是不知名或白或黄或粉的山花了。雨"噼噼啪啪"地下来了,幸尔有伞,撑开,夹杂着雨点打在伞上的"滴嗒"声,远远的几声鸟叫。

静寂的世界里雨声继续,有孩子推着自行车,淋着雨迅速地超过我,撒下银铃般的笑声和高高溅起的水花。后面传来女人急切的喊声"慢点,伞拿着"!母亲模样的女人举伞追来,连连叫喊。孩子们嬉闹着越跑越远,母亲追了几步,无奈地停下来摇摇头。一群人相互牵扶着在泥泞间跨来跳去,提着的竹篮子里装着纸钱、香烛、鞭炮、鸡、鱼和雪白的米粿,有人扛着锄头,有人拿着劈草刀。从山上扫墓回来的人们相互叮嘱小心,搀扶着上了年纪的,低声说着什么,雨里听不真切。

又是一年清明。晚上,这个家族会欢聚一堂,从重修祖地到族中大小事宜,在美食盛宴的香气里议定。每年清明节的宴会客家人称为"醮墓酒"。醮墓酒的规格视经济情况而定,可隆重可简朴,上供后的鸡鸭鱼肉会烹饪成客家传统菜肴,其中有一道菜"醮墓酒"席中必备:白米粿。白米粿,时令面点,清明前后汀城街头随处可见。惊蛰过后,古城汀州便处处可见做白米粿。大禾米放入巨大的木饭甑里蒸熟,蒸熟的大禾米一出锅迅速倒入巨碗状的石臼中,由两人默契合作把饭粒捣碎捣匀。力气大的人叉开腿站着,将沉甸甸的"柯木槌"高高举起,重重落下,捶打在热气腾腾的米粒上,用力要均匀还要掌握好起落的

115

节奏；另一人蹲着，合着对方的节奏，在每一锤落下之前眼疾手快翻动石臼中的米团，使其舂匀成雪白的米球。惊蛰过后，这样充斥着韵律感的捶打声便会陆陆续续在南国古城——汀州的各处响起。米球舂匀后取起放置于洗干净的簸箕内，趁着余温搓成长条圆筒状，每一根大概婴儿手臂长短粗细。通体洁白，米香四溢的"白米粿"叠放成宝塔状，用筷子头蘸着自制的植物红染料，点上朵朵梅状的花纹，远远望着颇有几分初春"雪里红梅"的诗意。

清明节祭祖扫墓对于客家人是头等大事，远方的游子过年不回家能够得到谅解，可轮到自己的房族做东时，不返乡参加清明祭祖，会被全族埋怨"清明扫墓都不回来"，对于客家人这是非常严厉的指责，有忘本之意在其中。客家清明祭扫祖先，同姓氏按各房长幼轮流做东、或同村按姓氏顺序轮流做东。每个姓氏都会挑选出专门的良田，这些田地的收入专用于每年扫墓祭祖。轮到做东的房族须准备好祭祖的各色供品，并按族中长者的交代负责扫墓的仪程，将家族中出嫁的姑姑、姐妹们邀请回来，合族欢聚共享"醮墓酒"。头一年家中有孩子出生的家庭要到祠堂祭告祖宗，叫"报丁"，将写着"第×房第××代裔孙某某新丁××"的红纸条贴在祠堂左边的墙上，再录入家谱中，宣告孩子正式成为这个家族的成员。添丁的家庭会在清明时额外出一份"添丁钱"，扫墓那日买上米粿、糖、水果、糕点等敬祖，然后散发给族里的孩子们，称为"添丁之喜"。扫墓，又分为众墓和私墓，先合族祭扫四五代以前的高祖墓地（众墓），然后再由各房自行安排祭扫两三辈以内的祖父辈墓地（私墓）。祭扫仪式简单且隆重，先除净墓地周边的杂草，把洒着鸡血的花纸压于墓碑额上，点上香、烛、纸钱，摆上鸡、鱼、肉、白米粿等供品后，燃放鞭炮。鞭炮声声里青烟袅袅，所有的哀思与祈福都腾空飞起，感伤了春雨绵绵！

老人说，用白米粿扫墓祭祖始于明朝正统年间，纪念汀人马都堂——马驯。他高中进士，历任四川左参政、考察院左都御史、巡抚湖广，一生清正廉明关心百姓疾苦，力主"鱼要有水、百姓要有粮，民安则国家升平"。晚年的马驯衣锦还乡，在长汀终老，长汀人于十字街立大中丞牌坊歌颂他的功德。《长汀县志》描述马驯："历事四朝，自部员累官都宪，封政议大夫，累赠三代如其官。"明弘治朝廷追念其功绩，特派遣钦差主持葬礼，谕赐祭葬。其后裔奏请钦差，马都堂一生记挂着百姓赈粮济灾，特在祭品中增加白米粿。汀城百姓得知后，带着白米粿自发前往祭奠马驯，这一举动延续至今演变成白米粿成为扫墓的必备供品。仪式结束后，部分乡镇的村民会把白米粿切成小粒撒在墓地周围，称为"敬山神"。时移世易，知马驯者，越来越少，可雪白的米粿却一直流传下来，每年清明时节准时出现在家家户户祭拜先祖的供台上。

翻山越岭的祭扫结束，合族欢聚的"醮墓酒"宴上各色菜肴荤素搭配，丰盛异常。菜肴中充当供品的"白米粿"有甜、咸两种吃法：将白米粿切成薄片，加上韭菜、笋丝爆炒，满满一盘端到宴席中央甚为醒目。香香糯糯、柔柔韧韧的白米粿入口，心中对先人虔诚的思念之情就鲜明得如同韭菜碧绿、米粿洁白：素净且绵长。或把米粿切成圆片，小火煎至两面金黄后撒上红糖，两面焦脆中间软糯，米香添上红糖的甘甜，能直接从舌尖美好到后脑勺，在记忆里萦绕三日都不会忘却。

卧龙巍巍，汀水汤汤，米粿皎皎，敬慰列祖不负客家意。几多情，无处说，落花飞絮清明节——米粿如玉寄愁肠！

白米粿

大禾米蒸熟后,用碓臼反复捶捣成细腻的米团,再将米团搓成婴儿手臂粗细长短即可。白米粿,长汀人清明必备的时令小吃,用于扫墓、祭祖、添丁报喜等民俗活动。白米粿可直接蘸红糖或白糖、蜂蜜食用,或切成薄片煎至两面金黄后蘸糖食用;也可切丁煮甜汤,或者切薄片后用韭菜、香菇等配料炒制。通体洁白,米香纯净,嚼劲十足有回甜。

濯田红糖作坊

ZHUOTIAN HONGTANG ZUOFANG

福建汀江又名鄞江，有宋诗"鄞江一丈水，清可照人心"，天下水皆东，惟汀独南。盈盈秀水穿龙门奇石而出，沿古城汀州南去与濯田河相遇。濯田，武夷山脉东麓盆地一块，纵横几十华里，地势平坦田地肥沃。两河奔腾相汇给沿岸带来了丰富营养和勃勃生机，浩浩河倾将土壤冲刷渐渐沉积为"沙壤土"，山高林密20余摄氏度的昼夜温差，一片甘蔗种植的乐园天然而成。

初冬第一场霜降后，浅浅的白霜铺撒在山间林地，秀长挺立的甘蔗林应景地挂上果霜，濯田古镇便热闹了起来。高密的甘蔗地里蔗农们只闻其声不见其人，成排的甘蔗倒下运往红糖作坊。丰腴的白云隐约着青蓝色的痕迹在空中滑

动，麻雀喧闹着扎堆跃入云霄，远远地在碧空里撒成斑斑点点，被惊起的野兔一溜烟窜得没了影子，来不及散去的尘雾拖出长长的轨迹，地里飘来幽淡的泥土芬芳和着甘蔗成熟后青甜微甘的气味，古老的红糖作坊在一垛垛如山的甘蔗堆里，热热闹闹地开始了新一季的甜蜜劳作。

天开始冷了，孩子们穿着厚厚的冬衣奔跑在村头巷尾，狗跟在孩子的身后追得鸡群四处奔逃，公鸡站在甘蔗堆成的小山旁直着脖子唱。健硕的牛儿套上巨大的石碾，牛蹄深深地踩入泥土，石碾"吱吱呀呀"一圈又一圈缓缓地转起来，去根去叶后的小把小把甘蔗卷入灰白的石头，翠青的汁液在甘蔗清脆的碎裂声里渗出，汇成小股"哗哗"作响流入过滤池。凝结在甘蔗表面的白霜是不能清洗的，熬糖师傅会根据白霜多少来判断甘蔗成长是否壮实。老人们总说甘蔗表面的白霜是天地造化、雨露灵气的精华，只有养分充足的植株，白霜才会挂得多、挂得均匀且漂亮。把白霜熬到红糖中去，是红糖对人体滋养的点睛之笔，更是蔗农对自然最深刻的解读和诠释。

作坊地面上铺着连环大锅灶，每四口大锅以"田"字为形组合，从灶头贯穿到灶尾连成长排，有五六组锅就可以称为"大作坊"了，可供两三户人家同时熬糖。三四组锅的作坊最为常见，亦有仅供自家和邻居熬糖的一两组锅的"小作坊"。蔗农们会根据各家甘蔗的生长情况安排好顺序，轮到谁家收割熬糖，村民和亲友们上门帮忙。榨干的蔗渣混在粗壮的柴火里被点燃，熊熊的火焰吐出灼热的气浪，拍打着乌黑的灶门，浅绿色的氤氲烟雾升腾在作坊的青瓦楞间，烟雾推着烟雾，一会儿移动散开，一会儿停滞凝聚，渐渐地整个小村被涌动的轻纱薄绡笼着，缥缈而绮丽。这是濯田古镇一年中最繁忙和热闹的时光，连街巷里的招呼声仿佛都被红糖腌制过，轻清柔美，这个闽西大地上的"鱼米之乡"恍惚间就有了烟迷水曲、低吟浅唱的江南风韵。

熬糖，是男人们的活儿。健硕的濯田汉子挥舞着长柄大勺将沸腾的蔗水从第一口锅连续不断地快速舀到下一口锅，再舀往第三、第四口锅，这道不能间断的重体力工序叫"赶水"：将煮沸的蔗汁通过不停的舀动，均衡温度加速蒸发，把水分"赶"走。"赶水"的汉子们刚刚被汗水湿透的后背，很快又在柴火炽热的气浪里烤干，这活既要极好的体力和耐力更需要娴熟的技术、丰富的经验，所以熬糖师傅挑选徒弟是极严格的。从同族亲友子弟中细细选来的年轻人，要从司炉开始学习，与烈焰熬制中的蔗水一起在热浪灼烤中慢慢磨炼与升华，能熟练和准确判断火候大小以后方可跟着师傅学习"赶水""打沙"等其他工序。熬糖师傅蹲守在锅旁，一边利索地把熬糖过程中浮出的杂质清除出去，一边观察蔗水沸腾时颜色、深度的细微变化。

　　蔗水赶到最后一口锅时，颜色从最初的青翠变成浓稠的赤褐，随着水分的不断减少糖的浓度逐渐变高，从大火冒小水泡慢慢变成小火冒大水泡。熬糖师傅凭借着大勺在锅里搅拌时的手感进行判断，时不时俯身打起蔗水用舌头来尝试火候，叮嘱司炉的师傅添减柴火，确保蔗水变成糖浆的过程不会焦煳在锅底，这是蔗农们一年的辛劳和期盼，也是乡民们来年有无糖吃的保证。没有量筒量杯，不需测评仪器，所有的技术掌握只在熬糖师傅的手口之间。这是熬糖的技术，更是生命的秘境。天地之精华草木皆有灵气，读懂了蔗水沸腾时发出的"沽沽"声，一个合格的熬糖师傅就诞生了。水"赶"完，蔗水熬成了糊状的糖浆，将浓稠的糖浆倒进大木桶中，用木棍飞速搅拌，糖浆转出深深的漩涡，粗糙的表面随着木棍的节奏慢慢变得细腻，宛如百年的时光岁月都被搅融到糖浆中去，柔柔地渗出浅浅的油面，冬日暖阳照着如金沙般亮泽又如丝绸般顺滑。剩余的水分在搅拌中得到充分挥发，这是"打沙"，依然是力气和耐力的考验。

　　"打沙"时妇孺顽童们最开心，从甘蔗堆里随手抽出的甘蔗折断，伸到木桶里一搅拿到太阳底下晒晒，便是上好的甜品"糖蜡烛"。给熬糖师傅打下手的女人们抽空啃几口"糖蜡烛"，和熬糖师傅聊上几句收成或闲话，嘻嘻哈哈的玩笑声响在老作坊间。孩子们抓着"糖蜡烛"满村子追逐游戏开去，软糯的糖浆包裹着甜翠的甘蔗，一口咬去"甜上加甜"，把"糖蜡烛"啃完，小脸蛋就被红糖抹成了京剧大花脸的模样。红糖的甜醇伴着嫩嫩脆脆的童声成长，烙进他们的血脉，从此天涯海角都无法忘却。打完沙后木桶内的糖浆上下温度均匀，快冷却时盛入模具中。垫着土纸的模具晾在阳光下，静静地吮吸着古镇的轻风，凝

结出一块块"红心黄道"红糖,轻触如同细腻沙粒。一块用五百年的岁月底蕴熬煮出来的濯田红糖油亮润泽,金色小糖花细密均匀地盛开在红糖内部,远观是赤红的一块,切开却是朵朵金黄的糖花,层次分明似红似黄,凝结如石却轻掰即碎。红糖入口细腻无渣,如含金玉,甘醇鲜甜的气息带着清新的蔗香迅速占领所有的味蕾,唇齿间缓缓散逸的湿润质朴,久而不散。仿佛用时光混着乡土的醇厚,回到田间听风吹蔗林"唰唰"作响,又似汀江河畔青碧甘冽的蔗汁,余味绵长。

红糖,最早记载于汉朝杨孚所著的《异物志》:"甘蔗,长丈余颇似竹,斩而食之既甘,榨取汁如饴饧,侯谓奇珍异宝,可入药也,名之曰糖。"可食用可入药。至唐朝,太宗令人往印度"遣使取熬糖法",从而熬红糖技术得到改良与完善,并迅速在各地普及,一直延续至20世纪中叶,才被工业化白糖慢慢取代。濯田红糖始于明初,日升月落物换星移,作坊里的柴火燃了又熄,熄了又燃,年复一年未曾间断,铁锅里熬煮的红糖带着客家人特有的历史和文化气韵,甜蜜地回报着在这块土地上世代劳作的人们。濯田,这个被岁月更迭遗留在时光缝隙的小镇,隐匿于山野林中,一辈辈熬糖人在作坊冉冉升起的青烟里注入梦想与信仰,反反复复演绎祖先们的生活、生产方式。一块五百年风雨烟云熬煮的濯田红糖裹着岁月的包浆,丝丝扣扣地拽住无数游子的脚步,鲜活着客家人的智慧与坚守,清澈红亮鲜美浓郁。

天下至诚,为能尽其性;能尽其性,则能尽人性;能尽人之性,则能尽物之性;能尽物之性,则可以赞天地之化育。红糖的熬制五湖四海皆有,方法大抵相同,唯濯田红糖隐于闽之西,在火焰里淬炼熬煮,走过春夏秋冬冷暖人间,讲"至诚"之理看花开四季。

濯田红糖 甘蔗经过碾压，压榨出来的汁液去除泥土、纤维等杂质，用连环锅以小火熬煮，经过榨汁、开泡、赶水、过滤、摇瓢、打沙、成形等过程，再将红糖舀入模子，冷却成形。红糖性温、味甘、入脾，具有益气补血、健脾暖胃、暖中止痛、活血化瘀的作用。濯田红糖采用传统工艺，更多地保留了甘蔗中的营养成分，功效更为显著。

红 山乡里红菇红

HONGSHAN XIANGLI HONGGUHONG

到红山乡亲眼看看新鲜红菇，是多年的夙愿。八月秋收时节雨后转晴，红菇在密林中悄然冒出头来，旭日东升时伞盖就收拢干枯，极难寻见。进村的路不好走，我虽然有心理准备，可在山脚滑落的泥石里硬生生地颠簸闯荡出一条路来时，抑制不住的尖叫破喉而出，穿山林直上云间，惊起火红的群鸟嘤嘤成韵地飞到对面的巨大树冠中，在浓绿里星星点点地闪耀，如林间精灵盯着我们。眼前的绿密密匝匝仿佛没有边际，树冠间闪烁点点光斑，透过阳光的叶枝晶莹剔透一尘不染，叶上草尖坠着的露珠如晨星闪烁，缕缕白雾缥缈在茂林修竹间，东方浅浅地映着虹彩似的霞光，粉红淡黄宝蓝嫩白层叠，残月如钩斜挂。

零零星星偶遇着乡间采菇人，夫妻成双或村邻做伴，收获多少既是勤劳和运气，更炫耀了采菇人与自然打交道的资历与经验。凌晨四点左右上山的人们篓筐满载地陆续回程，沉甸甸的野菇压弯了扁担，硕大的竹篓随着节奏颤悠悠地一步三晃。采菇，乡间山里的美味之惑更兼秋游之乐，一篓篓的红菇、梨菇、奶菌肩挑手提地从人迹罕至的林间运出，山珍特有的鲜香弥漫在散落各处的小村。半个月的采摘季积累的各色菌类晒干,除了全家大快朵颐外,或寄给外出的亲人解馋或提着走亲访友,更多的是被早早守候着的各处收菇老板搜罗了去,孩子的学费、过年的新衣或者添置小电器的钱就有了出处。对于和平共处、相爱相惜的人们,大山从来没有吝啬过。

车在山间慢行,招呼着拦下采菇人的脚步,一番讨价还价后,两篓堆出尖的各色菇菌归了我们。刚刚采下的野菇大多如婴儿般娇嫩,稍稍用力伞盖就断裂,渗出牛奶般雪白的汁液。小心翼翼地挑拣,终于在一堆灰褐、嫩黄、乳白的野菇中寻到了三几朵艳若朱砂的红菇。低头轻嗅,浓滑的香味瞬间充盈鼻腔,红菇的甜在香味里丝丝缕缕地漫延。这天地间最娇羞迷人的艳红借助着阳光和风,剧烈的昼夜温差让肥厚的伞盖把鲜美的味道一点点凝聚,仿佛浓烈到无法承受,红色浅浅地晕染到菌柄。拒绝所有人类的干涉,红菇悄然从沃土里钻出,静待着深谙自然心声的人采摘。两三朵捧在手,满车的菇香,心愿得偿的满足,翻山越岭的劳累被轻轻地安抚。

路愈发狭窄,停车步行入村,位于长汀武平交界的白石坑村寂静而祥和,与大多乡村一般空荡少人。同行的本村友人兴致勃勃地介绍:"这村原来住着神仙的,在祠堂后的小山上每天都能出米,刚好够全村人吃。我们村原来不需要耕田劳作,所以叫'白吃坑'。"我一愣停下脚步,关于出米石的传说闽西多处有载,可因此把村庄命名为"白吃",却是第一次听说。朋友又道:"可惜村中有人贪心不足,挖大了出米口伤了仙气,从此不再出米了。新中国成立后有工作组说白吃这名字着实不好听,也不符合自食其力的精神,才改名为'白石坑'。"我听着没能忍住笑:白吃,在闽西最边远的大山里,村民用直白的方式记录不食人间烟火的神仙故事,令人莞尔一乐印象深刻。在客家先民艰辛的迁徙开基过程中,"吃"是最基本的生存理念,"白吃"已经称得上是幸福平安的祈愿了。虽然,来小村前据我所查看的文字资料介绍,白石坑村因村中有宽近一米、长达三公里的碎白石带藏于地下而得名,元朝末年已经有刘氏祖辈居

住，是两千年前往来长汀武平两县的必经之地。

　　山里有淡淡的凉意，发丝轻曳于微风中，不远处密林扶疏错落着，民居或散或密建于其中。黄土夯就的房屋大多腰门虚掩，防鸡鸭牲畜不防人，路人累了可推开任意一扇门讨杯茶水小憩，所谓"路不拾遗、夜不闭户"的情韵风怀应是如此。跟随朋友走过村头红豆杉树下的"三将福主公王神位"及刘氏祖祠后出米石的遗迹，进山路上的惊恐变得如小村般纯净平和。友人拉着我："我们去看井吧，井水冬暖夏凉，我小时候天天在这里挑水！"白石坑村小，水塘却有七十二口之多，井仅有一口。井到处都是，有什么好看的，我被激动的朋友拉得手臂生痛。被竹编木制的栅栏包围的一汪碧绿猝不及防地撞到眼里心间，我直愣愣地伫立在井旁，看朋友孩童般欢快地扑到井沿边，捧水洗手洗脸再将脸埋入水中，深深地喝上一大口。这是怎样的一池古井水，长方的井沿砌着石条，时光在石条上磨出深深浅浅的痕迹，圈围着的井水浓、阳、正、匀得如同无瑕的巨大翡翠镶于村中，如琼似瑜含而不露，阳光投射出幽幽的荧光。低头，蔚蓝的天空和三两朵云隐隐地映在碧水中，厚积鲜润层次分明。我从未见过这样的绿，不妖不娆不媚不谄，无瀑布之壮无溪涧之嚣，恬淡常宁地藏匿在深山小村里，清澈明亮直抵心房最柔软的部分，不忍伸手触碰，这绿却就此扎根在脑海，无法忘却。抬头，对面盘虬卧龙的老树上一只灰褐大鸟歪着脑袋半眯眼看着我，毫不掩饰对我失惊倒怪的嘲讽。

　　村子很小，站在高处吼一嗓子全村都能听见，村尾有座小小的"七圣宫"，由大及小七尊凤冠霞帔的金装娘娘端坐其中。朋友肃然拈香道："这是七仙女娘娘，每年六月十一是我们村里隆重的节日，朝拜七圣宫。"我摇摇头，更正他：

"不是的，这不是七仙女，七圣宫供奉的是莘七娘，五代十国间的客家女侠。莘七娘又称惠利夫人，她御寇助战为民治病，深得百姓爱戴，病逝后进而入庙接受供奉，六月十一是莘七娘的生辰。"朋友诧异，只知村中供奉七圣宫，却从不知其缘由，儿时看着七尊女神像便与听过的七仙女神话联系在一起。我笑而不语，莘七娘的信仰在三明客家地区比较普遍，"宋末三杰"文天祥拜谒惠利夫人时，一代名臣以客家女子咏志，慷慨赋诗："百万貔貅扫犬羊，家山万里受封疆。男儿若不平妖虏，惭愧明溪圣七娘。"莘七娘信仰长汀县境内较为少见，今天意外得遇的"七圣宫"庙宇虽小却保存完好，农历六月十一的祭祀是白石坑村莘七娘信仰确凿的佐证。一村之间，有宗祠、有出米石、有公王、有观音更有七圣宫的莘七娘，多神信仰乃至多神相融相生的客家民俗平静地留存着。燃香，向莘七娘这位千年前的客家女神祈福，日暮西山已黄昏。

　　小村之纯遗世而独立，有幽处娴静之性，更显超俗而出众，隐于山林不与浊世为伍，遇之霍然而惊，留恋之怀无法自已。若天地之间的灵气有形状，必是红菇的模样；若天地之间的清雅有颜色，必是古井的青绿；若天地之间的古韵有遗风，必是虚掩的腰门。

　　山间一日，红菇在手，对白石坑之爱沦肌浃髓尚有余，细细品来文字记之，以志一段因缘。

红山红菇

红山乡位于长汀县西南部,闽、赣两省交界处,长汀县最西端,是革命老区,环境优美,山清水秀,是国家级生态乡镇。红山红菇颜色红艳娇俏,个小秀气,菇柄细且通红,香味醇正。由于生态环境优越,红山红菇质地优于周边,极受欢迎,堪称长汀山珍之珠。

山间一抹武平绿

晚春的雨细如牛毛,在水雾氤氲里收到潘君寄来的武平绿茶。茶是绿茶连包装也绿意盎然,仿佛梁野山里柔柔嫩嫩的生机,又似连绵不断、清丽层叠的茶园。雪桐花纷纷扬扬飘落在山径小道,春的季节在引绳棋布的茶林慢慢打开,杯壶的幽雅穿行在福建武平的千峰竞秀间。潘君再三嘱咐:"茶,万万自己留着慢慢喝!方圆百余亩的土地,如此品质的茶叶只得了十来斤。"有些汗颜,爱茶的时间长了,求茶若渴的品性被朋友们了解得一清二楚。

武平绿茶大致分三个品种,各具特色:炒绿香、雪螺鲜、翠芽肥。其中炒绿的工艺传统,历史最为久远。武平绿茶是清道光年间的贡品,长年风行于闽、粤、赣等省。据《武平县志》记载,宋朝时期武平就有人开始采制野生茶作为药用或饮品,乡民们将采集来的野山茶籽或种苗种植于房前屋后、田边地埂,自家种茶自家制茶自家喝。明朝永乐至清朝康熙年间,武平种茶、制茶、饮茶风气日渐盛行,能工巧匠们总结炒制的经验,逐步驯化野茶,形成了极具特色的茶叶品种,名师名茶辈出。选干净透亮的玻璃杯,小竹勺盛一勺武平绿茶轻轻倒进杯中,煮开的山泉冲入,热乎乎捧在手中看紧结的茶芽在杯底慢慢舒展,茶舞翩跹鲜活如重生,幽香冲去浮尘,一山的绿都沁在浅浅的水中,世界透过黄绿清亮的茶汤变得幽静而长远。

立春,春气始而建立也。小澜河里薄冰始化,古石桥下鱼儿初上,缓缓穿行在水里石间,沉寂了一冬的茶园在新春萌动中惺忪醒来。热热闹闹过完年的人们收拾出工具,开始忙碌。雨水时节,冷天不走暖空气欲来,冷暖间雨便点点滴滴、淅淅沥沥而下,桃李含苞油菜抽薹。去年入冬前茶园里的老叶老杆就修剪好了,在无声的春雨中,灰褐的茶树杆上悄无声息地缀满细小的水露。茶

树随地中阳气的升腾开始抽出零星的芽苞，包裹着柔柔软软的细白绒毛，称为"报春芽"。孟春逝，惊蛰接踵而来。第一声春雷响后，土里的蚯蚓、树上冬眠的虫儿们陆续醒来。茶山边上的桃花树下圈养的鸡群被放入茶园，公鸡啼母鸡叫，再有一群嫩黄色毛茸茸的小鸡为啄食虫儿追来逐去，山中眼之所及层层茶树亭亭清绝，皆是绿意盎然、勃勃生机。春分茶冒尖、清明茶开园。春分，仲春之月，平分春季与日夜。这时的茶叶大多为一芽，叫"抽心茶"，少部分为一芽一叶，轻薄瘦小亭亭玉立。茶农们要赶在新叶长成之前完成采摘，避免叶片的涩味盖住芽的鲜美，如此茶汤方可滑而不涩。

　　绿，武平炒绿其色完全天然而成，炒绿的茶汤通透清澈、丰富时色，正绿而浓。炒绿的叶型匀齐细紧，像极了第一声春雷后刚刚孵化的丝蚕，浓稠厚重的绿衣外覆着浅浅的银毫。细嫩的芽尖在铁锅里上下翻滚，高温挥发了嫩叶中的水分，杀青、揉捻、初炒、摊凉……一锅到底，牢牢锁住叶中的香、形、绿。一泡炒绿拆开，倾倒入杯"瑟瑟"有声，似春蚕进食又似农家灶头上茶叶在铁锅里翻滚时，柴火"噼噼啪啪"的爆裂。鲜，是武平绿茶特有的口味风格，爽、甜、醇由嫩度极好、氨基酸含量极高的原料带来。鲜得纯净，因着茶芽的嫩度恰到好处；鲜得饱满，因着茶芽的壮硕肥厚。梁野山脉气势高耸，重峦叠嶂早

130

晚凉中午热，有机物囤聚堆积，种植出的茶树芽叶肥壮，叶质柔软，白毫显露。鲜，还取决于采摘的时令，片片茶芽在清明雨前采茶姑娘们的婉桃素手轻翘，上下翻飞的指间飘然入篓。茶汤滚过舌面，有浓郁醇厚带来的张扬，有细腻顺滑带来的圆润，还有轻微涩味带来的轻盈。一年从收获起始，关于春的千言万语便有了去处与安顿。

福建武平，"八仙"中何仙姑原型之———何琼的故乡。清康熙《武平县志·事文类》中记载："庆历中有以问何仙姑者，辄曰：谢仙如雷部中鬼，主行火。闻者果于道藏中验之，益信庆历之仙姑，实为大郎之女矣。"何仙姑诞生时，何家屋顶被紫色祥云团团笼罩，有梅花鹿口含荷花从空中闪现，其父喜出望外，给女儿取名为何琼。何琼非常喜欢独自上山采茶，在茶山上放声唱山歌，歌声吸引了群鸟、蜂蝶纷纷飞来，围着何仙姑起舞。一日，何琼上山采茶，有位又饿又渴挂着拐棍的白须老者向她求助，何琼欣然答应，搀扶着老者回家，好茶好饭款待。留宿两天后，老者掏出一个仙桃递给何琼："善良懂事的小姑娘，这是专门从遥远之地给你带的蟠桃，快吃吧。"蟠桃入口胜过人间任何美味，待蟠桃吃完，白须老者已经不见其踪，何琼神通气畅再无饥饿之感。从此，何琼所到之处异香扑鼻祥云缭绕，长出的茶叶品质极佳。

何琼后来应铁拐李之邀在石笋山位列八仙，被尊为"何仙姑"，她一生历经后晋、后汉、后周、北宋四个朝代，武平何氏族谱记载："何仙姑150岁在武平县宁洋寿终时，闻空中有鼓乐声，一朵祥云从卧榻直上云霄，见者无不惊异。自是乡人敬慕，塑造像于仙姑楼。"何琼羽化成仙，不舍之情化入茶园，自此梁野山飞瀑成群葛藤盘绕，古木参天竹篱稀疏。群山间水雾曼妙，

晨露与月光、和风与夕阳交替，融入炒绿浓郁的栗香，在青山白云中一涧柔波里飘散。绿茶，天地山水间给爱茶人最直接的表白，"茗因有泉味更香，幽涧绝壁出好茶"，山水有茶韵，茶韵现山水，一泡好茶与产地的美景呼应，如此正应了物候相照之理。

  茶者，自然之物也。云雾笼罩与清静相依，需静心慢品才可得出茶之真味，使人安详平和，在清静无为的追求中品"超凡脱俗"的神韵，自觉地遵循道骨仙风、返璞归真的茶规。一泡炒绿，纯净如素颜的青衣少女，满身灵性地起舞在水气缭绕的杯壶。茶叶浮沉悠游时，山峦白云林木茂盛、清新富氧风清流瀑。舌尖畅享在茶香馥郁里，风卷着雾从腋下飘飘而去。

  宋徽宗在《大观茶论》云："茶以味为上，香甘重滑，为味之全。"一泡绿茶入口，茶味舌前鲜甜、舌中甘润、入喉顺滑，三者和谐一致；茶韵回甘持久、余味充盈、呵气如兰，这是手中这杯武平炒绿展现给我的清野品质。

  喝茶去，茶情茶趣、茶礼茶道皆在那抹武平绿，梁野山的风中春的味道！

武平绿茶　武平县,原汀州八县之一。武平绿茶是中国历史名茶,分三个品种:炒绿、雪螺、翠芽,其中炒绿的工艺传统,历史最为久远。武平绿茶是清道光年间的贡品,长年风行于闽、粤、赣等省。据《武平县志》记载,宋朝时期武平就有人开始采制野生茶作为药用或饮品,其品质特征为"香气高锐,滋味清爽,色绿形美"。

美溪黄粄

MEIXI HUANGBAN

独自驱车一路穿行在紫薇盛开的省道往濯田美溪而去，盛夏绮丽风光应景着赴谢有顺教授之约参加百鸭宴的心情。教授的家在半山腰间，小径在林荫斑驳间转个弯抬头便是"山远居"。满堂书法吸引着我的目光，我在墨香里寻到教授熟悉的笑脸和聊兴正浓的客人们。几杯茶里，文学、民生、人情聊了个海阔天空，笑声鼎沸热闹非凡，一室典雅。教授的母亲轻轻推门进来："中午多少客啊，什么时候吃？"教授略微思忖："差不多四桌客人，先开两桌。有些人还在外面玩呢，我们先吃吧！"

美溪的百鸭宴民俗保留完好，并衍生出舞龙、唱戏、抓鱼、唱歌比赛等许多娱乐活动，越来越热闹，逐渐成为闽西土地上传统民俗文化的一颗水上明珠。教授的母亲是武平大坝人，勤劳贤良、厨艺精湛之名远近皆知。每年农历六月六，教授家中必是高朋满座、熙熙攘攘，吃鸭无数！山远居延续着客家围屋的基本结构：上厅、天井、下厅及左右厢房，宽敞明亮，能轻松地摆上七八张大圆桌。大厅正中挂着莫言题写的"德寿"二字，我们在"德寿"下欢欢喜喜地围坐了一桌，开席。客家的宴席不拘于什么节日或名目，菜肴大抵相似，鸡鸭鱼肉一脸

盆一脸盆热气腾腾地端上桌，再有几个主妇的特色拿手菜，如同主人待客的诚意，巨大而真切。

圆桌擦得雪亮，放着一盘切成巴掌大小的黄粄，边上用小碗盛着蜂蜜，教授举起筷子夹起一块："快尝一尝，我最喜欢吃的黄粄，每次都吃到饱还舍不得放下筷子！"黄粄，又名黄米粿，是客家人尤其农村地区宴请时常备的传统菜肴，平常小吃。满心以为教授会强力推荐美溪鸭子的我有些惊讶。或许在教授心中家里每道菜都是美味，值得炫耀吧。我夹起一块，黄粄软软地微垂在筷子两侧，揣测着蘸上蜂蜜咬了口，脑海里闪过一个词：惊艳！狼吞虎咽一块吃完后，眼巴巴盯住盘子盼着快点转到我面前，生怕黄粄被别的客人吃光。无视陆续端上来的其他菜肴，再夹上一块，依旧蘸上蜂蜜，不舍得再三五下吃完，细嚼慢咽，认认真真品了起来。入口的黄粄微凉嫩滑，轻轻咬下，黄粄柔软地包裹住牙齿，与舌头温和相遇，米香浅浅地在口腔内散开。嚼开，清清爽爽地咬断，完全不粘牙，筷子夹住的部分慢慢回弹成圆润润的模样。嘴里土蜂蜜和着黄粄原始的米香，细腻美好得令人分不太清楚哪个是舌头哪个是黄粄，突然就懂了一句长汀的老俗话：好吃得连舌头都会吞下去！

那晚，与教授微信聊起黄粄，教授将他母亲制作黄粄的视频发给我。看着嫩黄的黄粄在双手熟练的揉搓下越来越油亮，悄悄地吞着口水，暗暗盘算如何再找机会去教授家，什么也不管，捧上一盘吃过瘾。可教授返乡一年三两次而已，黄粄又是农历六月六的时令小吃，平日里并不制作，这一馋就是两年未能如愿。馋得狠了，曾经托濯田的朋友在六月去美溪买，却被告知黄粄只做着自

家招待客人赠送亲友,并不出售。后来在市场或者其他乡镇也见有黄粄,却坚硬干涩难以下咽,需要重新回炉烹煮,入口完全不是记忆中的口感,尝试多次都以失望告终。

黄粄,因其鲜亮的黄色,极其彰显喜庆富有的美好喻义,多用于供奉神灵、赠送亲朋好友。黄粄色香味俱佳,在闽西客家地区享有几百年的美誉。黄粄的制作原料极简:大禾米和柴木灰,可工序有十几道,烦琐讲究且复杂。做黄粄的准备工作要提前半个月至一个月,村民们互相招呼着约好进山,挑选上好的黄粄柴的枝条砍回。黄粄柴有两个品种为上选,长汀方言称为酒醉老、石灰柴。如果缺乏经验或上山晚了,未能在山中寻着这两种柴木,也可以用较为常见的乌山茄取代。也有偷懒的人家用桂花的枝叶,但做出的黄粄灰黑色且暗淡无光泽,在其他黄粄的衬映下如同"灰姑娘",主人家必定是尴尬的。黄粄柴砍回后,要在当天趁着柴木新鲜,将粗细枝干劈好,耐心地拣去有虫洞、枯死的部分,柴木带着浅浅的木香放入大铁锅里烧化,燃成灰后冷却数日。柴木的选材和燃烧是否彻底很重要,直接决定了黄粄的色、香、味,这也是黄粄与其他粄类食品的最大区别。

做黄粄的大米选用新出的大禾米,按各家的习惯和口味配上适量的糯米,糯米多些口感就软些,糯米少了口感就硬些。把混合好的大米用井水淘洗干净,将黄粄柴灰从铁锅中取出放在层叠好的纱布上,用滚烫开水轻轻浇透,淋出的灰水多次过滤后用来浸泡大米,静静等上半天时间,待灰水的植物碱渗入米中再挑到村中的石磨房中磨浆。米浆做成黄粄,共要蒸两次,第一次叫"蒸生粄",出锅后趁热搓成生粄条,生粄条可以保存多日不变质,要祭祀或者宴请客人时再将生粄蒸成"熟粄"。熟粄用粄臼打成稠状,回炉和二次搓打让黄粄更有韧劲,最后把打好或搓好的熟粄做成比第一次生粄稍小的条形,这时的黄粄就可用于供奉或者直接切成小块装盘待客。熟粄可蘸蜂蜜,也可切薄片炒韭菜,还能与红枣、桂圆煲成甜而不腻的饭后甜汤。旧时,走亲访友都提着竹篮,所以黄粄都做成圆形,一层层的摞起来,远远看去颇有"金山成堆"的气势,最大限度地喻意富裕生活。近些年来,竹篮已经渐渐退出日常生活,黄粄也搓成长条形状,方便携带。

粄柴木中的碱带着独特的植物香气,能在最大程度上提取出米粒自身的香和糯,黄粄对于长期居住在"雾缭炎热之地"的山区客家人来说,有着驱邪除湿的作用。闽粤赣三省皆有黄粄,制作工艺基本相同,只是灰水的浓淡程度不同,制作时间则取决于各村民俗祭祀的时间,濯田美溪是六月六,其他村落也

有二月二、四月半、八月初一等。黄粄香起，有山歌唱道：客家妹子打黄粄，全靠一身好腰板；打到禾米绕绕韧，吃到嘴里香喷喷。

美溪黄粄，农历六月六"百鸭宴"时，家家户户必做，因为它和鸭子都是祭祀待客时密不可分的必备品，少了一样，六月六的味道就不完整了。教授的母亲每年六月六，必定系上围裙动手，从烧木灰到搓熟粄都不假他人之手，她将濯田水土的特质一点点地揉搓进黄粄，由舌尖到胃，抚慰教授游子的味蕾，更吸引了无数慕名而来的客人，比如我。

今年六月六，有无邀请都要到教授家去，躲开熙熙攘攘的人群，到厨房找教授母亲讨上一大碗黄粄，吃过瘾后再带些回家。

黄粄 将乌山茄等柴木烧出柴灰，滤出浓汁，大禾米用灰汁浸透后磨成稠米浆，温火蒸成"生粄"。出锅后趁热搓成生粄条再蒸成熟粄，熟粄用石臼二次搓打后即可直接食用。黄粄可直接蘸蜂蜜食用外，还可切片炒韭菜、肉末或切丁煮甜汤。色泽鹅黄，爽口细软，香味天然。

汀州伊面

我其实不喜欢吃面。每次点餐,主食我都会叫粉干、饺子或者米饭,面条是我最后的选择,没有理由,非常个人的口味。2013年西行,跑过8000公里的西北大地,臊子面、热干面、裤带面、刀削面……无论你和老板说多少次"不吃辣",端出来依旧厚厚一层的辣椒油没住面条。我小心翼翼把面条一根根捞出来,用开水洗涮过两三遍,入口还是被辣得眼泪鼻涕齐下。端着硕大的海碗,看着邻桌一把把往嘴里塞蒜头,口味清淡的我们惊得目瞪口呆。这是一段可以用"口胃皆惨痛"来形容的行程,最壮丽的自然风光安慰不了无处安放的舌尖和胃。全程走来,能在服务区买到不辣的方便面如同中奖般乐半天,从此,对面条有了难以表述的恐惧感。

虽然日常生活中不怎么吃方便面,但那一路,我打心眼里感谢方便面,一包在手如释重负,不必捧着"辣出天际"的各种面条,两眼泪汪汪。怎知,因健康与否而争议甚多的方便面源起于自己家乡,鼻祖叫"汀州伊面",最初的做法是面粉加鸡蛋,炸至金黄后再烹煮。"伊",伊秉绶也,著名书法家,乾隆年间进士,有"一两金子一个字"的传说。

自古名士多风流,伊秉绶曾任广东惠州、江苏扬州知府,他特别喜欢结交名人雅士,尤其喜欢与文人墨客宴游唱和,或流觞曲水畅叙幽情,或轻挽衣袖品茗鉴宝。来访者,不论亲疏远近贫富老少,意气相投便设宴款待。来访者众,有时一场宴席未散,又有客人登门来访。伊秉绶出身汀州客家,良好地继承了热情好客的品性,不管家里来客多少,都要重新摆宴席。因此,伊府常是一席接一席,厨师要不停地买菜做饭,疲于奔命,叫苦不迭。另外,每天长时间设宴陪客,也让伊秉绶感到力不从心,去饭店吃如何?可是贵为一府的行政长官,

伊老爷和他的朋友们不便去扬州街头大排档或者小饭馆吃饭。电视剧是骗人的，微服私访不是换件旧衣服就能出去的，安全得保障啊！所以，就算出门吃个炒青菜也能折腾得全城衙役、捕快不消停，这不是经历过几起几落的清官伊老爷的范，还是在家里折腾吧。

愁得要秃头的厨师在主食面条上进行各种改良，因为面条备少了不够用，备多了第二日就坨了。一日，累得迷迷糊糊的厨师把面条错扔进沸腾的油锅里，手忙脚乱把面条捞起来，哭丧着脸煮好呈上去，收拾行李准备被打一通屁股然后再被赶回家。惴惴不安的厨师等来了伊大人的亲切接见，表扬他晚上做的面条特别劲道，香！摸摸屁股，擦去冷汗的厨师将自己鞠躬尽瘁研究面条的种种功绩一一表来，引起了伊大人的巨大兴致，忘记满堂客人，与厨师交流起了面条的口感、做法。与伊知府一通对话后，精神焕发的厨师一大早就钻进厨房，按两人讨论所说往面粉里加上鸡蛋，将面粉揉搓到筋度均匀后搓制成面条。用猛火煮面，面条刚熟即捞起，过冷后再炸，炸面时要掌握火候，一锅炸一团。这样炸出来的面条粗短匀称外形美观，松脆香口。面中有了鸡蛋，色泽变得金黄，口感劲道。油炸后的面条团存放时间从一天变成四五天，还能按客人的多少取量下锅。食用时放在碗里，放入炒好的肉末、香菇、葱花、蔬菜等，用滚烫的肉汤冲入再焖小会儿，就成一碗香喷喷的面条了。用它来招待过了用膳时间的客人或零星散客，非常方便。风雅欢谈结束后的客人吃上一口知府发明的面条，倍觉与众不同，自然赞不绝口不吝夸奖。很快，这种制作面条的方法传了出去，街坊百姓学着炸制，色香味俱佳，既方便又快捷，故家家户户都模仿着做，成为一种流行小吃。由于这种面是伊秉绶发明的，而伊秉绶的书法落款均为"汀州伊秉绶"，因此在广州、扬州菜馆，这种油炸过的鸡蛋面就叫作"汀州伊面"。

  方便面的鼻祖"汀州伊面"就此诞生了。

  伊秉绶书法以隶书见长，自出机杼，雅拙朴茂，奔放不羁，有汉简风韵和清人意趣。据说乾隆建成"承恩殿"，下诏群臣书写匾额，最终选中了伊秉绶书写的隶书。从此，伊秉绶清雅古朴的隶书和汀州伊面一起名扬四海，广东至今还保留着伊面的做法和叫法，还衍生出了"彩虹伊面"。据说，袋装方便面之父——日籍华人吴百福（安藤百福），借鉴了伊秉绶在面粉中加鸡蛋再油炸的做法，推出在面粉里加动物骨髓等营养物质的"鸡丝速食面"（后叫生力面）。它一问世，就受到消费者的欢迎，迅速占领了世界市场，逐渐形成一个巨大的产业。时至今日，一些厂家仍把生产出来的方便面称为"伊面"，如"三鲜伊面""牛肉伊面""鸡味伊面"。如同木工的鼻祖是鲁班、酒业的鼻祖是杜康、造纸术的鼻祖是蔡伦，方便面的鼻祖当仁不让是伊秉绶。

  汀州伊面，和伊秉绶"拙朴为本，自出机杼"的崭新书风有异曲同工之妙。伊秉绶作为清代的大书法家，居然在东南亚近代饮食史上有如此浓墨重彩之笔，对食品经济的影响远远超过了"东坡肉"，这应是他本人始料不及的吧。伊秉绶治理扬州虽然有德惠政声，是清朝的名吏，却从不以功自居。他把居所从商富

集居的"休园",搬到名为"湖上草堂"的平民所居的旧城"黄氏园"。他生活上清廉耿介,杜绝声色,"每食必具蔬","藉以清吾心耳"。伊秉绶常说:"人生也,直即天地之性,无少回邪,行则正",他说到做到,一生勤政爱民,深得扬州百姓爱戴。《芜城怀旧录》称赞他说:"扬州太守代有名贤,清乾嘉时,汀州伊墨卿太守为最著,风流文采,惠政及民,与欧阳永叔、苏东坡先后媲美,乡人士称道不衰,奉祀之贤祠载酒堂。"伊秉绶病逝后,扬州百姓把他供奉在三贤祠里,和扬州历史上的三位名贤太守欧阳修、苏东坡、王士祯并祀。

如今,汀州古城里伊秉绶的书法可见,"汀州伊面"的称呼和做法却渐渐消失。清早的古城,人们喜食炖汤,一钵钵炖得浓香的肉汤再配上一碗油葱拌面,再平常不过,你若问"伊面"有没有,老板必定回答:没有没有。待你失望转身,也许还会听到老板的嘟囔:奇奇怪怪的,有拌面煮面,哪里来的伊面?

初春,陪同济大学的沈海军、红武两位教授游大夫第,我指着匾额上的"秀起汀水"介绍:"这是伊秉绶的书法……"红武教授惊讶地接过话:"我在香港讲学的时候,听香港人把方便面叫作'伊面',就觉得很好奇。特意去查寻缘由,竟是伊秉绶的缘故,今天在他家乡看到他的书法,真是圆满!"

汀州伊面 面粉加鸡蛋、清水揉成面团，切成面条。面条油炸后起锅，香菇、肉末等配料炒好，加入鸡汤，面条煮好即可。面条爽香汤汁鲜甜。现代的方便面的制作方法很大程度参考了『汀州伊面』的做法，至今珠港澳地区还保留着将方便面叫为『伊面』的传统。

刘婆婆家的白头公饧

LIUPOPOJIA DE BAITOUGONGTANG

出差归来，接上鹿儿回家，经过刘婆婆家时我愣住了，客厅里满地的垃圾，墙壁上的装饰画扔在门口，四处狼藉。我轻轻地拍了拍鹿："婆婆搬走了！"鹿停下脚步，盯着空无一人的房子眼圈红了。突然觉得自己太麻木了些，刘家婆婆过年前就已经把房子卖了，天天叫着要搬家却总也还在眼前进出着。小半年过去，我和鹿儿渐渐有了个错觉：婆婆是不会搬走的。不料，出差十天回来，婆婆夫妻已经悄无声息离开了。

刘婆婆是邻居，看着鹿儿出生然后成为鹿儿的保姆，幼儿园、小学风雨无阻地接送着。慢慢地，鹿儿变得和婆婆一样高，到如今已经是一米七多的小伙，不再趴在婆婆的背上笑闹撒娇，两家依旧如一家般亲近着。刘婆婆夫妻是宣成人，孩子长年在外地，家里就老两口住着，夫妻俩极其勤劳俭朴，有着客家人典型的优秀品格，逢年过节总会做应时应景的吃食，出锅趁着热第一碗就先送到我家饭桌上。往往鹿儿津津有味吃上了，刘婆婆自家还没上桌。鹿儿最喜婆婆家的白头公饧，每年农历三月间草长莺飞的时候，婆婆就会带着他到郊区摘白头公草（鼠曲草），一老一小手牵着手，一人挽只小竹篮，开开心心地同行。春天的田野，初生的草密密麻麻地嫩绿着，弱弱小小的野花怯生生开出各

种色彩,让人不忍采摘。鹿儿拎着篮子四处奔跑,婆婆跟在后面时不时吼一嗓子:小心点,不要滑倒了!清晨的草丛带着浅浅的湿气,露水颤巍巍悬吊在叶尖,鹿子跑过,无声无息地掉入泥中,或沾在鹿子的裤脚上留下一片小小的水渍。白头公草极易识别,柔柔软软成片成片地在春风里摇曳,叶长不过寸许,密密的白色茸毛均匀地分布在叶茎上,顶上开着嫩黄的花簇。找到一株,附近成片成片,因此,婆婆和鹿儿只需轻松地沿着田垄转两圈,弯弯腰,篮子很快就满了。然后,婆婆就拖着或背着不舍得离开的鹿儿回家,篮子里嫩绿的白头公草随着婆婆稳健的步子微微抖动。春天的阳光暖暖地把他们和白头公草镀成金色,鹿儿脆生生的童音唱着儿歌,惊起远远近近知名或不知名的鸟,小青蛙连连跳开,扰出虫儿或飞或蹦。

回家,婆婆便开始忙碌,新鲜的草儿清洗干净,入锅用开水焯熟,捞出。藏了一冬的石臼淘洗几遍,煮过的白头公草便在一声声沉闷的敲击中捣成绿油油的草汁。鹿儿欢快地围着婆婆转圈圈,递筷子接勺子端碗,看着比婆婆还忙的模样,大有没了他白头公饧就吃不成的架势。捣匀捣碎的草汁加入提前备好的粳米粉,再兑一些糯米粉,刘婆婆挽起袖子开始揉团。揉团,需要用暗劲还得有耐力,所幸婆婆长年劳作,完成得轻松,时不时还停下来关照鹿子,怕他摔了碰着。揉好的饧团闪着草汁碧绿的光泽,植物纤维分布其中仿佛锦缎中的暗纹斑斑点点,待米团油润不粘手时入锅蒸熟,最后搓成细长条。婆婆的手很粗糙却极灵巧,搓出的饧粗细长短连扭出的花纹都完全一样,如同模子印出。如果会有奇形怪状、不圆不方戳着几个指头洞洞的饧子,无疑是鹿儿的杰作,婆婆会笑着一起蒸好,自己挑出来吃掉,摆在我们面前的永远是整齐如一的白头公饧。

鹿儿左手一根右手一根白头公饧,粉团般的小脸两颊鼓鼓囊囊,奋力地咀嚼,眼里闪着心满意足的光芒。闭眼再睁开,昨日种种譬如今日事,鹿儿已经不再围着婆婆笑闹,那住在我家隔壁二十余年的婆婆搬走了,甚至没有正式道别。我想周末去找找婆婆的新家,带着鹿儿,告诉她我馋了想吃白头公饧,在草香里边吃边聊白头公饧的故事。

婆婆说白头公草长在农历二三月,恰逢观音菩萨的诞辰,所以做白头公饧是为了供奉给观音娘娘。我每次话到嘴边又咽下,不忍心把白头公饧的故事讲

刘婆婆家的白头公饧　食花汀州　SHI HUA TING ZHOU

给欢喜忙碌的婆婆和鹿儿听，因为故事太悲壮惨烈。

南宋末年元兵入侵，抗元英雄文天祥率军来到长汀，驻节数月，大举募兵。募兵抗元的指挥所，设在了长汀城内刘氏家庙。战时的汀州百姓流离失所，饥寒交迫，勤劳聪慧的客家人把目光投注在白头公草上。这种野草容易寻找，既能充饥，还有特殊的香味。小心试吃后确定无毒，军民便开始大量采来食用。春末夏初，虫叮蚊咬多起来，白头公草还能治无名肿痛。它味甘但略带苦涩，有化痰止咳、祛风除湿、解毒抑菌的功效。把白头公草掺入大米磨成浆做成粿充饥，为当时的文天祥解决了不少粮草的困难，更哺养了在战火中顽强求生的汀城百姓。

文天祥三到福建长汀抗元的故事广为流传，汀人建有"文丞相祠"祭祀。他留下了"雷霆驱精锐，斧钺下青冥。江城今夜客，惨淡飞云汀"的诗句（文天祥《至汀州》），抒发他率师入汀州时的壮志。景炎二年，元兵破汀关，文天祥率部撤出汀州退往广东潮州。在元军步步紧逼下，陆秀夫带着南宋最后一位皇帝赵昺南迁，逃至潮汕一带。文天祥在同元军抗衡之时，由于宋帝南迁，临安沦陷，同朝廷失去了联系。文天祥一路打探追寻南宋小朝廷的踪迹，来到了潮汕地区的潮阳一带，在潮阳当地招兵买马，图谋复国。可元军一路追至，最终双方在潮阳小北山麓一带（今谷饶）展开血战，由于双方兵力悬殊太大，宋军大多为国捐躯，战后潮汕当地民众自发收埋宋军忠骨。文天祥则带领残部又一路退至海丰，最终被俘。而此时的陆秀夫已经带着小皇帝赵昺逃往崖山（今广东新会），元朝大军紧追不放。公元1279年，宋朝军队与蒙古军队在崖山进行了大规模海战，崖山海战直接关系到南宋的存亡，因此也是宋元之间的决战。战争的最后，宋军全军覆灭。随后，元兵在潮汕一带展开了大屠杀。

南宋灭国时，陆秀夫背着少帝赵昺投海自尽，许多忠臣追随其后，十万军民跳海殉国，惨烈无比。

至今，潮汕地区也保留着用白头公草（鼠曲草）制作"鼠壳粿"的风俗，时间同样起源于南宋末年。这是不是撤退的宋军由汀州带到广东潮汕的吃法，不得而知。

白头公草青青，绵延到海角，风雨路不尽，草饧道沧桑。只要白头公草年复一年的茂盛，鹿儿就该牵着刘婆婆的手继续做白头公饧。一老一小开开心心，婆婆说白头公饧要送去供奉观音娘娘，鹿儿便陪着她。

虽然鹿儿已经熟悉文天祥，铭记崖山……

白头公饧 白头公草（鼠曲草）去根洗净，煮烂滤干捣成草浆，粳米磨成米粉后加入白糖、草浆后搓匀。把米团上锅蒸熟揉成扁长条状即可。白头公饧色泽光亮，颜色幽绿，草香清甜，是典型的绿色食品。

一分钱与一块豆腐的爱情

听过一个很美的故事，关于爱情，发生在我还没有出生的年代，一记就是几十年。

五十年前还是五十多年前，阿谆一大早被生产队长叫醒。双脚套进解放鞋，脚趾头穿鞋而出踩到泥土的冰冷让迷迷糊糊的阿谆清醒了几分，他扯过外套披上，浓重的汗味冲进大脑。昨天劳作的疼痛跟着意识慢慢苏醒，胃里没有完全消化的地瓜涌上来阵阵酸水，强咽几口，窗外尖锐的哨声划开黎明的青雾，催出工了。阿谆彻底清醒过来，提提鞋帮子在同屋知青的抱怨、呵欠里站到了晒谷坪。"今天你们几个不下地，阿谆带队去隔壁沈坊搬东西，动作快点！"下完命令，生产队长叼着哨子背着手走了。阿谆领着四五个年轻小伙出发去了沈坊。有户从南安下放来的人家，沈坊安置不下要搬到阿谆所在的马坪来。

人刚进村就听到喧闹，阿谆寻声看去：一个姑娘急得满脸通红，护在一张精美的木床前面，两条黑亮的长辫子在阳光下晃动，几个农民手里拿着斧头锤子和姑娘在争执什么。阿谆听着姑娘的外地口音，猜测着也许正是他们今天过来帮忙的那户南安人家，径直走了过去。"不能这么拆，会坏的！"焦虑的喊声带着明显的外地口音，姑娘小小的个子套在宽大褪色的衣服里，因为激动鼻尖渗出细细的汗水，粘在细嫩白皙的皮肤上，阿谆猛地就恍了神。

"你一个小妹仔这么麻烦，床不用铁锤敲怎么拆，到底拆不拆啊？"拿着铁锤的汉子不耐烦地吼，姑娘眼圈慢慢地红了。"怎么啦，什么情况？"阿谆回过神，询问。"同志，我这张床全部是榫卯结构的，要顺着走向拆才不会损坏，铁锤一砸就断了！"有人解围，姑娘带着泪花的眼睛眼巴巴地看着阿谆，阿谆突然觉得阳光分外强烈，照得耳根子直发烫。阿谆抓抓脑袋，有些费力地把视线移到姑娘身后的木床上，木床有床有罩，雕花非常精致，里外分两进，带着睡铺、马桶箱、梳妆台、小橱、首饰箱，俨然一个小房间。阿谆心里暗暗赞了一句，顺手接过大汉手中的铁锤："同志，我是马坪的，大队叫我们过来帮忙搬家，让我来吧。你们先去忙别的活，好不好？"大汉上下打量着阿谆，同行的几个知青纷纷开口证明自己的身份和来意，大汉放下警惕："行吧，你们自己弄去，娇里娇气，带什么床，拿几块木板稻草一垫就能睡了！"

姑娘松了口气，站到阿谆身边："谢谢，这床是我外婆留下的，要按隼卯的结构拆，断一处床就坏了。"姑娘说话的气息轻轻抚过，阿谆拿着铁锤的手无处安放，同行的知青接过话："没事没事，我们按你说的拆，拆完了一起搬到马坪。"阿谆回神，悄悄把露出的脚趾往鞋里缩了缩，装出认真观察床板结构的样子，四五个小伙子在姑娘和阿谆的指挥下将木床分部位逐个拆开，小心翼翼地码放整齐。姑娘的家人陆续从农田归来，姑娘开心地迎上去，叽叽喳喳地将阿谆他们好一阵表扬，一家人看着细心摆放的床板和打包好的行李。阿谆收获了从小到大最真诚和丰盛的感谢。

日落时分，一行人大包小包、肩扛手提踩着艳红的余晖回到了马坪。帮忙收拾安置好后，阿谆他们又顶着月光回到两公里外自己的住所。筋疲力尽的伙伴们碰着枕头立刻鼾声四起，阿谆倦意翻涌，却满脑子都晃动着两条乌黑的长辫子，盯着天花板到公鸡打鸣，迷迷糊糊间发现自己忙乎了一天不知道姑娘姓甚名谁。

时间过得飞快，出

一分钱与一块豆腐的爱情　食话汀州　SHI HUA TING ZHOU

149

工收工周而复始，繁重的体力活和吃不饱的三餐让日子变得苍白而无助。阿谆受伤了，上山伐木时体力不支，斧头脱柄掉落在脚面血流了一地，有经验的老农在老毛竹的表皮上飞快地刮下一捧白色粉末捂在伤口上，暂时止血后四个人抬着几近昏迷的阿谆狂奔下山找赤脚医生。赤脚医生看着伤口束手无策，一行人只好匆匆忙忙又架着阿谆赶到镇上，搭乘末班车回城急诊。

车，是按时发的，虽然只有三个乘客和一个售票员。一行人火急火燎就要上车，"买票了没有，就上车啊！"售票员面无表情堵住车门，手里拿着票夹。反应过来的人开始各自摸口袋，贫穷的年代，随身带钱的人不多，而且事出突然，出门上工的人带着的大多是工具和饭菜，四五个人口袋翻了个底朝天，除了找到多个破洞以外凑到了六毛九分，而进城的车票一张是七毛。众人傻眼，与阿谆同屋的小伙把可怜的分币捧到售票员面前："同志，你看看他受了伤，我们太着急了没顾上带钱，能不能先让我们送他进城治疗，回来我们一定把钱补上！"售票员瞟了一眼阿谆的脚："不行，这是公家的车，不许欠账！""求求你了，他伤得这么重得赶紧送医院啊，我们倒回去拿钱就赶不上车了！""不行，没有买票，谁也不许上车！""同志，求求你了，先让两个人上车去医院，我们马上跑回去拿钱！""不行，没票一个人都不许上车！"说完转身，用力拉上车门，留下脸色青白、脚上滴血的阿谆和急得团团转的众人。阿谆虚弱地拉住气得要找石头砸车的伙伴，绝望道："我们回去吧，找房东上点草药，明天再上城。""这怎么能行……"

"钱给你，赶紧上车吧！"一只手伸到阿谆面前，掌心里放着五毛钱，是护着木床的外地姑娘。"我来镇上买东西，赶紧上城治疗吧！""谢谢，不……"阿谆拒绝的话还没说完，钱已经被急红了眼的伙伴拿走，飞奔去买票。"我就带了五毛，凑不够两个人的票，怎么办啊？"姑娘盯着阿谆的脚，神情焦虑。

"让受伤的小伙子赶紧上车吧，到了城里我送他去医院，你们放心好了！"车上一位长者出声，大家伙七手八脚把阿谆送上车，安置在老者旁边的位置，千恩万谢。"没买票的快下去，要发车了，快点快点！"售票员敲着车门框，催促。阿谆无力地把头倚靠在车窗玻璃上，脚上传来一阵阵的剧痛让视线变得模糊不清，在车扬起的飞尘中隐约伫立着一个身影，两条长辫子乌黑发亮。

我又忘记了问她叫什么名字，阿谆想。

赶上末班车及时处理了伤口的阿谆，两周后提着豆腐回了马坪。豆腐是母亲去借的豆腐票买的，用于感谢帮助了阿谆的大家。那天，房东家里飘出了令人垂涎三尺的香味，阿谆母亲忙碌着，将豆腐拌上地瓜粉，极为奢侈地撒上点猪油渣碎末、盐，蒸了一屉豆腐丸小心地切成块，与阿谆挨家挨户送去，一家一块加上娘俩深深的鞠躬。"阿谆啊，隔壁村的那户外地人你去送吧，这是钱。"母亲打开层层包裹的手帕，拿出一分钱放在阿谆的手里，"好好谢谢人家，外地人来到这里，得多不容易！也不知道人家吃不吃得惯豆腐丸，我多留了一块豆腐你都带去。"阿谆攥着一分钱，提着豆腐丸和豆腐走得飞快。

开门的是一位与阿谆上下年纪的小伙子："你好，我是隔壁村的阿谆，我，我，我上次借了你们家的……的……的钱，来还钱的。"不知道是不是赶路赶得太急，阿谆结巴着递上钱和豆腐。"是你啊，帮我们小乐拆床搬家，借钱的事，小乐回来说了，我是她哥哥。你的脚没事了吧！"

原来，她叫小乐。

"进来进来，小乐，有人找！"应声而出的姑娘站在阿谆面前，笑盈盈地。阿谆僵了手脚："这是我妈自己做的豆腐丸，还有一块豆腐，谢谢你！""你们太客气了，脚好了没有，进来坐吧。""不了，不了。"把钱和豆腐胡乱塞到兄妹手中，转身离去，涨红的脸灼烧着，烫得阿谆跑得比来时还快几分，留下捧着豆腐面面相觑的兄妹两人。第二天，阿谆上工回来，看到了站在门口的小乐兄妹："你叫阿谆吗？你妈妈做的豆腐真好吃，我父亲说受之有愧，让我和哥哥过来谢谢你们。"小乐的哥哥提着一袋线面，接过话："这是我们南安的特产线面，给阿姨吃吧。"小乐兄妹那天中午没有回家，被阿谆母亲留下吃饭：炸豆腐丸、荷包蛋煮线面和一盆米饭一碗咸菜。兄妹俩吃了离开南安以来最幸福的一餐，阿谆和母亲送了又送："喜欢吃再来，我给你们留豆腐票。"

两家人渐渐发现，阿谆和小乐不在家的次数越来越多。小乐的哥哥面色不悦地提醒，小乐笑笑哼着歌儿不理他，父亲长叹："孩子是个好孩子，就是……唉！"眉头皱成川。

入冬后的清晨，四邻八乡被巨大的锣鼓声惊醒，往马坪集中。小乐全家被拥挤着来到马坪的晒谷场，心里忐忑着不知道又要批斗谁。人，越来越多，小乐踮起脚尖找阿谆，四处一圈看下来却没有见到。没有想到，那天批斗的对象竟然是阿谆的父亲。那天，小乐是牵着兄长的手回家的："乐，我们家本来就成分不好，阿谆家又这样，你们俩以后怎么有出头之日？你想清楚啊，再说我们不知道什么时候就回南安了，你又怎么办？"小乐的眼圈红了又红："哥，他们一家人都是好人，叔叔也是个老老实实的老师"。天灰蒙蒙的，回家的路很沉闷，小乐低头自言自语："我说阿姨做的豆腐丸好吃，他们家的豆腐票就都留给我吃，他们真的一家子都是好人，都是好人！"兄长伸手揉揉小乐的脑袋，不

知如何安慰。

"哥，我们家的豆腐票还有吗？我过两天赶圩买点豆腐去看看叔叔，好吗？"

"好！"

农历逢三、八是馆前的墟天，小乐拿上家里攒的豆腐票、肉票，开始忙碌。瘦肉细细剁成末，肥肉入锅出油后捞起油渣也剁成末，地瓜粉捣细加上盐均撒在雪白的豆腐上。洗净双手，将豆腐和地瓜粉、肉末、油渣末、盐拌在一起抓匀，小乐极力回忆阿谆母亲每一步的做法，手上粘满豆腐一会发呆一会四处找配料。看着女儿努力下厨的模样，母亲欲言又止最后挽起衣袖母女齐上阵，琢磨着将拌匀的豆腐丸蒸一半、炸一半，用盆仔细装好。

兄妹俩结伴送去，阿谆捧着盆送到躺在床上的父亲面前，骨瘦如柴的父亲吃力地坐起来拍拍阿谆的手："好好待小乐，我们两个老的不在了，你们也有个伴熬过去。"小乐取出汤匙给阿谆父亲喂豆腐丸，喂一口抹把眼泪，阿谆愣愣地看着。

一分钱为引一块豆腐做线，两个年轻人携手一生。故事很圆满，阿谆小乐盼来了回城的日子，恢复高考后阿谆如愿考上师大，继承父业当了老师。小乐婚后，公公婆婆视若亲生闺女，厨艺超群的婆婆变着花样给小乐做客家菜。阿谆父母皆高寿，九十有余方去世，阿谆的一双子女分别在北京、上海任高管，夫妻退休后北京上海两地飞来飞去，给孙子孙女们煮客家饭菜。

阿谆父亲与我的祖父是同事，他们的故事在我小时候就多次听说，印象深刻。各方寻找联系后，我找到了阿谆问及此事，古稀之年的他哈哈大笑："写吧写吧，值得记录下来，不过有一处是误传，不是一分钱是五分钱，你乐阿姨的五分钱救了我一只脚啊！有空来吃乐阿姨做的豆腐丸，很地道哦。"

真的很幸福吧，才能古稀之年忆起笑得如此爽朗。

郁，入口松爽，软糯易食，是长汀常见的待客菜肴。

成丸子用鸡汤氽煮，或入锅油炸后再用鸡汤、肉汤氽煮也可。豆腐丸豆香浓

加适量的肉末、香菇、猪油渣末、盐等拌匀，或倒入抹好油的盆中清蒸；或捏

豆腐丸 又称为『满丸』『一品豆腐』，将豆腐、地瓜粉、鸡蛋混合搅碎，

七星饭店哪七星

福建长汀有一条国家级历史文化名街——店头街，游客熙熙攘攘，人声鼎沸。全街商铺的客家建筑结构完整地保留了明清时期的特征：前店后宅、下店上宅、前店后作坊，这种店铺结构方言里称为"店头"。全街区有明清建筑73处、民国建筑50多处，除了典型的传统商业作坊以外，店头街还有着院落式住宅、庙宇、宗祠、红军纺织厂、红军医院、美国飞虎队纪念馆等建筑和遗址，客家巨大的包容性在这条小小的名街上展示得淋漓尽致。如今的店头街灯笼高挂，繁华依旧，入夜后不知敲了几百年的铜锣还在沿街鸣响："火烛要小心，门户要谨慎！"

穿过店头街的木牌楼，沿街走百米左右，有一间小小的饭店"七星饭店"，生意兴隆。七星饭店门面不大，两侧整齐地码着门板，黑漆漆的匾额上写着"七星饭店"，缀着小字"邱记百年老店"，老板说这店铺已经传了好几代人了。食客们来来去去，节假日还需排队等座。几口热气腾腾的大锅里滚着热汤，老板娘忙碌个不停。店里中间摆着的巨大的案板上放着芋子饺、炸豆腐丸、青菜、油葱，锅边一摞摞雪白的瓷碗，随着点餐的声音拿起放下，碰出清脆的叮叮当当。我非常无意地问了一句："为什么叫七星饭店啊？"同行的朋友回答："听说他们家以前做的七星丸好吃。"我在店里转了两圈，没有看七星丸这道菜，便有些疑惑：七星丸，不是长汀菜是福州菜，难道老板祖籍是福州人？老板一脸不高兴地回答我：我地地道道长汀人，跟福州没关系。我们这是老店了，没有卖过七星丸！

我指着匾额问：七星饭店的七星是怎么个来由啊？老板站在街中间盯着匾额看半天：我怎么知道，传到我手上的时候就叫这个名字！

一顿饭吃下来,脑子里的疑问转个不停,看着我钻在牛角尖里出不来,朋友很无奈地捏捏我的脸:你是不是吃太撑,一个小饭店的名字也能揪住不放,还让不让人安生吃饭?我抬头看到她眼里的不满,便也就放下了,聊天吃菜到月上半空,离开店头街时回头看看,"七星"两个字又似高挂的月儿浮了出来,我摇摇脑袋笑了,觉得自己真有点反应过度了。

店头街常去,有时候一天会路过多次,或散步或陪友或购物。累了就在街头的"彭记姜糖"歇脚,老板是多年的朋友,亦是长汀城的美食活地图,特别是传统小吃哪家最地道,他如数家珍。一日暴雨,躲到老彭店里避一避,两人聊起搬走、消失的几家老店。感慨着我突然又想起了"七星饭店":"你知道前面的七星饭店为什么叫七星吗?"老彭答:"七星饭店,知道啊,店头街有座七星桥嘛!"我大喜,雨小后催着老彭带我去看七星桥,也甚为惊奇:这条街上还有桥,我怎么没见到过也没听说?不过几步路,老彭就停下来,指着地板说:"就是这里,七星桥,一共七块石板!"我盯着老彭脚下踩着的几块石板,几乎以为他在逗我玩。看我变幻的脸色,老彭又强调了一遍:"这里就叫七星桥,桥下是小河,你听听还有水声。"

七块被岁月打磨光滑的石板静静地躺在店头街24号的门口,与四周青石板一样平整,没有护栏没有标识,没有丝毫"桥"的模样。想想自己无数次从它们上面踩过,却不知自己错过了一座古老的"桥",我抬头看看老彭,又低头细看,果然听见涓涓的细水流声,石板下有活水流动。店头街有小河横穿而过,这小河上面有桥……

这七块石板真是一座桥,七星桥?这河,又是什么河?

七星饭店哪七星 食话 汀州 SHI HUA TING ZHOU

155

为什么叫七星桥呢？是因为由七块石板组成，所以叫七星？答案似乎找到了，又似乎还迷糊着。我打着伞蹲在七块石板边发起了呆，石缝里一棵细小的野草随微风轻抖，路人匆匆忙忙从石板上踩过，偶有停下来看我两眼的人。老彭开始不自在，喊了两句我没动静，便扔下我回店里干活去了。蹲到两脚发麻的我，装着一脑袋的问题回家。

翻看《汀州府志》和《长汀县志》是我解决众多关于汀州古城疑问最常用的方法。答案很快就寻找出来了，横穿店头街的是宋朝时汀州府的府城墙护城河，护城河开挖于宋治平三年（1066年），引西河水实施"西水东调"，该护城河全长约375丈即1250米，最宽处八丈五尺，窄处近三米约八尺，俗称塘湾哩又称官圳。因长汀城有县城墙和府城墙两道城墙，人们过了县城墙又还要再过一道府城墙，出入极其不方便。所以奏请朝廷于明崇祯六年（1633年）将府城墙拆除，保留广储门并在上面建三元阁。拆掉的府城墙由官府将地皮卖给百姓盖房子，护城河则保留至今。

街中果然有河，那么店头街24号门前的七块青石板盖于河之上，称"桥"便理所当然了。或许几百年前这"桥"真是桥的模样，有桥墩有护栏，河水清清倒映着人来人往，桥头有牌，刻名"七星桥"。古人命名重取义、重内涵，或取地形、或取含义、或取用途、或取祥瑞，七块青石板缘何命名为"七星"呢，有什么故事或什么出处。我执着地继续翻找手头现有的资料，却无所获。

再走店头街，反复打量着七块青石板组成的七星桥。一位白发婆婆坐在路边，看我沿着石板转圈，好奇地问："妹仔，你在看什么呢？"我走过去，在婆婆旁边的空椅子上坐下，回答她："婆婆，你们知道这里叫七星桥吗？为什么叫七星桥啊？"婆婆乐了："晓得晓得（知道），我们老人家都晓得的，不仅有七星桥还有七星井啊。"我猛地站起来，裙边带起竹椅倒落，手忙脚乱把竹椅扶起，重新坐好问："婆婆，什么七星井，哪里有七星井啊？"婆婆回头指指："前面就有七星井，店头街里好多井，都叫七星井，还有七星照月呢。"我眨眨眼，努力克制自己的小激动，让语气尽量平淡，生怕惊吓到老人家："婆婆，你能不能带我去看看那口井？"婆婆开心地站起来："来来来，我带你去看！"婆婆领着我进了店头街36号，乱石瓦砾间一口古井满身沧桑地立于其间，井身长着斑驳的青苔，草儿沿着井底碧绿地生长，井口被巨石凿成的石环盖着。我不知它沉寂了多少年，小心翼翼地靠近，害怕惊醒这口古井。井里依旧清水涟涟，一汪蓝天里我的身影在井底摇曳不定，婆婆笑呵呵地在边上说："七星井还有好几口呢，都有水，还能酿酒呢。"我追问："婆婆，七星井一共有几口？都在哪儿呢？什么是七星照月？"婆婆皱着眉头思考："林屋有、赖家有、王家都有啊，其他的我记不清楚了呢，反正我小时候就听说过七星照月，什么意思我也不知道呀。"扶着婆婆离开古井，婉谢了她留我喝茶的好意，急匆匆地离开店头街。一头扎进书堆里，可是没有找到关于店头街七星井的只字片语。

掩卷，脑子里的问号越来越大：为什么店头街里有那么多井，还用同一个名字：七星井？

还没来得及去找其余的几口井，接了省里的通知去福州培训半个月，临行前郑重叮嘱父亲按线索务必将其余的七星井寻找出来。父亲在古韵汀州公司负责文创工作，兴趣盎然地接过活儿去寻七星井。接下来在福州培训的日子，陆陆续续收到父亲拍来的七星井照片，三口、四口、五口……七口，有尚在使用的，有被杂物堆满的，有被石板掩盖的，还有被玻璃板遮住摆上了花草，整整七口！虽然七口古井大多已经不再使用，可全部水清如故，没有枯竭。早有预感，可是看到七口七星井的照片时，我还是激动了：七星井，共七口，且保存完整！

我发微信给父亲：七口井的地址整理好，待我回汀后再认真走访。父亲回答：已经整理好，等你回来按这个地址自己去看吧。

到家来不及收拾，父亲给了我一张简图，以店头街为中轴线，将七口七星井的大致位置分别标注出来。将图放在桌上去洗脸，无意回头看到餐桌上的简图，隐隐约约的感觉极其眼熟，我停下脚步定睛再看：似有北斗七星图跃然纸上！我扔掉毛巾，快走几步，将父亲手绘的店头街七星井分布图抓起细看：七口古井以店头街为中线，若隐若现组成了一个北斗七星图。我大声叫着父亲，让他把笔拿来，父女俩凑在一起，仔细地将七口七星井用线条连接起来：北斗七星图完整地呈现，我和父亲你看看我，我看看你，盯着图呆住了！

七星井及坐标

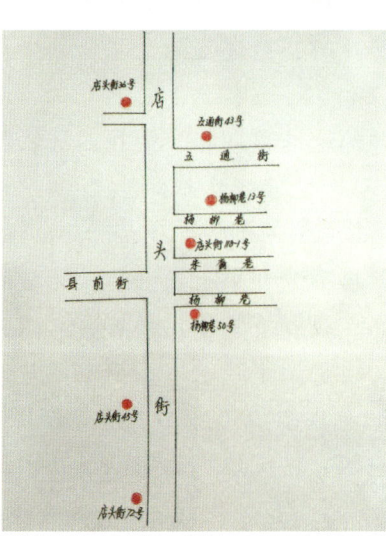

以店头街为中轴,全街共有七口古井,依次分别位于店头街 36 号、五通街 43 号(林氏家庙)、杨柳巷 13 号(王屋)、店头街 118—1 号(李家)、店头街 45 号(段家)、店头街 72 号、杨柳巷 50 号(赖家)。北斗七星,是指大熊座的天枢、天璇、天玑、天权、玉衡、开阳、摇光七星;古人把这七星联系起来想象成为古代舀酒的斗形,取名北斗。藏于店头街默默无闻的七口七星古井分别对应着天空中的七颗星,在店头街完整地形成北斗七星的形状,故七口古井皆名七星井。"七星"高照在中国传统文化中指"福、禄、寿、喜、财、姻缘、文运"七种吉象,特别在道教的星宿信仰中,"北斗七星"就代表着这七种吉祥的祝福。传说金木水火土中,水代表财富,店头街的北斗七星毗邻汀江,是否喻义勺水来财、财源滚滚?这个,真想找到当年布局挖井之人,问个明白。无限庆幸七口古井全部保留,没有被填埋废弃,且依然水源充足水质清澈。而店头街自明清至今,一直繁华热闹,也算了却某位或某群没有留下任何资料和痕迹的古人们的祝福和心愿。

再翻资料,嘉靖《汀州府志》中记载:"府城魁星井在府治仪门外西南隅,举府皆汲之。弼星井在府兵房后,今废。禄星井在推官衙内。文曲井廉星井武曲井已上三井俱在府治东南。开星井在府治东北塔院前。旧传白鹤仙人迁郡之初谓地形如斗,令城内按斗象掘地为七井,以应七星,故名。"因而,汀州府城在建造之初就用了上应七星的方式,以此表达对这座古城武运恒久、文运昌盛的美好祝愿。汀州城环城四面皆平田,城中突起一山,不与群山相属,如龙盘屈而卧,故名卧龙山,又名北山。山上有楼,起名"北极楼",以此呼应店头街的北斗七星之象。无限庆幸七口古井全部保留,没有被填埋废弃,且依然水源充足水质清澈。而店头街自明清至今,一直繁华热闹,确实达成了白鹤仙人的祝福和心愿。

每月农历十五玉盘高挂,银辉匀撒在古城古街,店头街七个安静的角落里七口古井里清水幽幽,每口井里一个月亮。七个月亮组成银光闪闪的北斗七星阵,托起天上的那轮满月,月映成星,星辉有月。

七星照月,从此分明!

酒、芋子饺等等，是古城汀州最具代表性的客家传统商业街。

小吃餐饮店。在这里可以品尝到很多长汀传统美食：煎薯饼、豆腐丸、烧肝花、客家米

店头街

中国历史文化名街，古街中有以七星饭店、醉春风、喜相逢等为代表的众多

后　记

　　从 2016 年尝试美食散文至今结集出版，大抵三年时光。要感谢的人太多太多了，特别是人民日报的刘琼主任在百忙之中为我写序《食物与人，与文》。如她文中所说："我没有见过董茂慧。"我与她是文字之交，如同故友。一路下来经历了很多，左思右想讲几个出书过程中的小故事，表达我的感激之情。

　　出书的决定最先告诉的人是闺蜜 Yoyo 和微染。Yoyo 回复："你准备好，周末过来帮你拍配图。"果然，周六 Yoyo、微染和一群摄友背着器材从龙岩专程驱车过来，十来个人手忙脚乱围着一桌客家菜：调整灯光的、给菜肴摆造型的、前后奔跑拿道具的，从中午忙碌到晚上又匆匆驱车回龙岩。有时候，表达情谊的方式非常直接：你需要的时候我就在！接下来的日子，我和 Yoyo 聊天的内容几乎都围绕着《食话汀州》，从每篇文章配图的选择到美食地图的设计，两人常常讨论到半夜。缺了哪张图，她一头就扎进自己十多万的海量图库寻找，边找边告诉我："找得快疯了，怎么办？"我揉揉干涩的眼睛回答："我们一起疯吧！"无数次深夜，她命令我："工作超过十四五个小时了，你关掉笔记本马上休息！"我知道其实那头的她同样也在忙碌着。闺蜜中的颜值担当——微染，对于长汀美食的宣传她比我更早，书中不少传统食品我都与她细细探讨过，无疑，应该让微染成为古城汀州美好代言的不二人选，立于明清店头街，为此书划上美好的句号。

　　美食地图是 Yoyo 的提议，在她的推荐下我在微博上找到丁苏苏，说明意图后我问苏苏："手绘一张这样的地图大概多少钱？"苏苏回复："6000—8000元"。我沉默了很久，小心翼翼地和她解释这副地图完全是我的个人行为，能否在价格方面照顾一二，并且附上了自己的简介。丁苏苏非常迅速地回答："我

不收你钱，交你这个朋友吧！"我拿着手机鼻子酸酸的，素不相识的外地姑娘利利索索地免费为古城汀州手绘了美食地图——"鹿人甲带你吃长汀"。收到地图时脑海里浮起那句话："交你这个朋友吧！"在此向苏苏姑娘表白：你这个朋友我交定了。

某日，想起酒狐米酒的老总杨天鑫有一组他的老叔父蒸米酒的照片，打电话过去索要。不过几分钟就收到原图，电话里说："我刚刚在高速开车，找个最近的服务区停下来先把图发给你，不满意后面找时间再发。"这样毫无保留支持的朋友数不胜数：溯溪、见书、中国结、王亮、三眼看世界……还有菇农、渔民、小店老板以及我亲爱的同事们。书不厚，情谊很厚。恩师张胜友多次和我说："长汀是历史文化古城，客家文化是沃土，你只要踏踏实实地把根扎下去，一定受益匪浅。"斯人逝去言犹在耳，修泣而志之，不敢忘。

林语堂先生说："吃在中国无所不在，无往不通。亘古至今，聪明睿智的中国人将饮食上升为一种思想、一种境界，乃至一种哲理而论修身、齐家、治国、平天下。"河田鸡、红菇、烧大块、灯盏糕、煎薯饼……一千多个日日夜夜，战战兢兢地尝试着"笨嘴谈吃"，执着地用粗拙的文字记录着古老汀州的食、俗、训、史、事，留住味蕾的颤动，留住缕缕的乡愁。感谢我的家乡，感谢我脚下的文化沃土，也感谢文联和众多文友、读者长期以来的关注和鼓励，方能著鞭跨马涉远道。

汀江之畔，青山绿岸，碧水倒映，一壶酒，一篷舟，一江烟雨，一千年一座古城，有酒有肉有故事。长汀欢迎您，客家美食欢迎您！

2019 年 7 月 9 日

鹿人甲带你吃长汀

- 西客站食堂粉干
- 汽车西站
- 钦惠南
- 西外街
- 东关街
- 汀江
- 长生鸭子粥
- 山泉水炖罐
- 有间泡猪腰
- 玉儿家红糖
- 簸箕粄
- 溪清汤粉
- 胖子驴肉馆
- 苍玉大街
- 丰桥饭店盐酒鸡
- 牛魔王骨头汤
- 卧龙路
- 贵荣小吃
- 汀州大道
- 西河溪
- 沙河
- 环城东路
- 赣龙铁路
- 蓝师傅客家馆
- 老火车站
- 汽车东站
- 亭煎包
- 盏糕
- 南禅寺
- 双珠泉河田鸡

序号	店名	小吃/菜	地址	序号	店名	小吃/菜	地址
16	汀江芋子饺		汀州医院附近	46	老扁冷饮	莲子汤 花生汤	营背街
17	吕记豆腐丸	客家菜	肖屋塘	47	旺旺糖姜蛋		汀州镇政府附近
18	龙凤腿饭店	客家菜	肖屋塘	48	辛耕小吃	糖姜蛋	汀州镇政府附近
19	彭记姜糖	手工姜糖	店头街	49	老客味饭店	早餐	汀州镇政府附近
20	七星饭店	客家小吃	店头街	50	葱香饭店	农家菜	消防大队对面
21	醉春风	烧肝花蛋饺 鸡肠面	店头街	51	蓝师傅客家菜馆	干蒸鸡 蒸水豆腐	老火车站
22	喜相逢	现煎薯饼	店头街	52	红星酒店	客家菜	四中附近
23	汤记饺子	芋子饺	店头街	53	贵荣小吃	早餐	汀州大道
24	皇兴牛肉馆	牛系列	交警中队对面	54	银河酒家	胴骨炖豆腐	金碧花园
25	老黄牛肉丸		横岗岭	55	华进菜馆	豆腐蒸猪肘	金碧花园
26	美兰小吃	瘦肉粉干扁肉	横岗岭	56	丰桥饭店	盐酒鸡	丰桥桥头
27	小摊	鱼肉丸	东大街	57	松水烧烤		跳石桥桥头
28	小摊	肉汤	东大街	58	老屋哩	农家菜	跳石桥桥头
29	来吃朝	早餐	东大街	59	玉儿家	古法红糖 长汀土特产	新百盛超市背后
30	小摊	宣成簸箕板	东大街	60	南薰亭煎包		南里加油站附近